幅曼妙而浪漫的历史图卷。

以及铁钱引领下的诸多故事……娓娓道来的背后,是层层压实的逻辑关系。

除四川外
許於諸路
州縣公私

1024—2024，世界第一张纸币交子诞生地成都，以及千年来的世界

上卷

章夫 著

四川人民出版社
成都时代出版社

图书在版编目（CIP）数据

1024—2024，世界第一张纸币交子诞生地成都，以及千年来的世界 / 章夫著. -- 成都：四川人民出版社：成都时代出版社，2025.1. -- ISBN 978-7-220-13974-1

Ⅰ．I25

中国国家版本馆CIP数据核字第2024EX6531号

1024—2024，SHIJIE DI-YI ZHANG ZHIBI JIAOZI DANSHENGDI CHENGDU, YIJI QIANNIAN LAI DE SHIJIE

1024—2024，世界第一张纸币交子诞生地成都，以及千年来的世界（上卷）

章夫 著

出 版 人	黄立新
责任编辑	唐 虎　勒静宜　邹 近
封面设计	李其飞
整体创意	朱 勇　唐 倩
肖 像 画	向以桦
特约校对	北京圈圈点点文化发展公司
责任印制	周 奇
出版发行	四川人民出版社（成都市三色路238号） 成都时代出版社
网　　址	http://www.scpph.com
E-mail	scrmcbs@sina.com
新浪微博	@四川人民出版社
微信公众号	四川人民出版社
发行部业务电话	（028）86361653　86361656
防盗版举报电话	（028）86361653
制　　版	成都完美科技有限责任公司
印　　刷	四川机投印务有限公司
成品尺寸	145mm×210mm
印　　张	23.75
字　　数	558千
版　　次	2025年1月第1版
印　　次	2025年1月第1次印刷
书　　号	ISBN 978-7-220-13974-1
定　　价	99.00元（全三卷）

■ 版权所有·侵权必究

本书若出现印装质量问题，请与我社发行部联系调换
电话：（028）86361656

千年交子的智慧之道
·
·

天府之国的生存之道
·
·

东西文化的互鉴之道
·
·

章夫

2008年加入中国作家协会，四川省作家协会报告文学委员会委员，成都市作家协会副主席，成都文学院签约作家。擅长非虚构类作品写作和人文历史与地理随笔，共出版各类著作20余部，计500余万字。代表作有：历史随笔《徘徊：公元前的庙堂与江湖》《窄门》《天府之"盐"》《锦江商脉》《千年一坊》《少城》等；人文地理随笔《图腾与废墟》《虔洁》《造山运动：造出一个天府之国》《成渝口水仗》等；时政随笔《成败：甲申360年祭》《脉动：一个记者眼中的今日中国》《中国平民日记》等。其中，长篇纪实文学《邓小平故居留言簿》荣获第六届全国书籍装帧艺术展铜奖、四川省精神文明建设"五个一工程"奖和四川图书奖一等奖；《窄门》入选2023年度四川文学作品影响力排行榜；纪实文学《天下客家》（合著）荣获第六届成都市精神文明建设"五个一工程"奖一等奖。2015年起享受国务院政府特殊津贴，2018年被评选为第十批成都市有突出贡献的优秀专家，2021年被评选为四川省第十三批学术（技术）带头人，同年12月入选2021年度"天府青城计划"（天府文化领军人才）。

序

世界语境下的交子，及其他……

2024 年。甲辰。龙年。

整整一千年前，也就是 1024 年，世间第一张纸币在成都诞生——这是具有世界历史意义且应被牢牢记住的标志性事件。世界历史由此翻开了新的一页。

章夫先生所著的《1024—2024，世界第一张纸币交子诞生地成都，以及千年来的世界》，就是这样一本旨在"牢牢记住"的书。

"世界第一张纸币交子诞生地成都，以及千年来的世界"，书的题目看似有些长，但却给人以层层递进、视野洞开的强烈感觉，只要将其中几个主要元素拎出来，便可一窥而知全豹。"交子——成都——世界"。有意思的是，围绕成都的两个"世界"，一个是由"第一张纸币交子"而生，一个是为千年来历史巨变而成。

无疑，这是一本以"交子"为线索，而荡漾千年历史进程与脉络的书。

两个"世界"，横跨千年。章夫围绕其中的"变"与"不变"展开恣意抒写，留下洋洋洒洒近四十万言，看后让人酣畅淋漓，着实过瘾。

谭继和

全书共三卷十五章。

上卷由"一张神奇的纸币"掀开千年成都与世界的帷帘，紧紧围绕世界第一张纸币交子产生的台前幕后、历史陈因、生存土壤，以及大宋特定的政治环境与社会环境层层剖析，给我们呈现一幅幅曼妙而浪漫的历史图卷。让人眼前一亮的是，作者别出心裁地由树的故事讲起，从一株树的侧影，去寻觅纸的历史方位。由树而引出纸，由纸而引出交子，由交子而引出时代。然后跟随时代的大背景，再回过头去透析交子为何诞生在成都，由此而旁及宋灭后蜀的那段历史，又旁及为何大宋统辖之内，只有蜀地才能使用铁钱，以及铁钱引领下的诸多故事……娓娓道来的背后，是层层压实的逻辑关系。作者并没有用一些大道理去直接地平铺直叙，而是通过田野调查式的方法，在历史的故纸堆里，用力去寻找去挖掘那些我们见惯不惊的故事，用小人物小故事佐证"大道理"。虽然时光浩渺，这些小人物小故事找起来很难，但透过字里行间我们不难体悟到，章夫一直在努力。我知道，还原历史，让历史本身说话，是章夫在写作中致力追求的。

中卷将更多的笔墨放在交子诞生地成都。成都是怎样一座城市？交子为何会诞生在这里？交子的生长土壤与其他地方有什么异同？作者试图从若干维度帮助我们寻找答案。比如，"益州交子务"诞生前后有哪些体制机制上的创举？又如，大宋执政者眼里，成都如何成为朝廷经济的一张试纸？还有，交子诞生后，与成都"十二月市"如何相生相息有效互动？最为点睛之处，是作者的写作思绪带着读者的阅读思维一直在往前走，从现象到本质层层剥离，透过若隐若现的蜀商背影，敏感地捕捉到了"蜀商"这样一个独特的标签——交子背影下繁华的大宋成都，为什么没能走出历史上"留"得下来让人记住的企业家？更为可笑与悲哀的是，就连交子铺唯一出现的商人代表王昌懿，还是私交子出现问题后，朝廷在追责文书里留下的名字，即或如此，也是唯一留下的一个富商人名。作者展开追问，由"交子时代"的成都官员到成都繁华的"十二月市"，再从一枚铜钱的命运追踪到若隐若现的蜀商背影，最后落脚到"蜀道"与"世道"。由官员到百姓，从月市到钱币，沿着"道"与"路"的变迁……中卷同样用五个篇章的体量，从叙事到故事，看似波澜不惊，但层层深入的逻辑关系跃然纸上，稍作留意，就不难看出作者在篇章处理上的娴熟老到与材料铺排上的良苦用心。

下卷浓墨重彩于交子身后"千年来的世界"。这一卷依然用了五个篇章，"南方丝绸之路""粟特人""吕贝克""白银时代"无疑是其中的主题词，但作者并没有被这些遥远的"世界标签"所左右，为了世界而写世界，而是随时顾盼全书的主题，就像放风筝一般，风筝飞得再高，而那根线，却稳稳地攥在自己的手里。作为南方丝绸之路起点的成都，有哪些要素需要交代？粟特人安禄山、史思明引发安史之乱时，成都在哪里？作为汉萨同盟的总部所在地，吕贝克的命运折射了什么？还有白银时代震荡下的中国命运……作者显然注意到了读者的阅读习惯与心理需求，在有了上卷的积累与中卷的铺垫后，自然而然将目光与重点转向"世界"——一个更为宏大的叙事领域，旨在将读者的思维引向深入，深入，再深入。不仅如此，作者还用司马迁笔下中国古代三位巨商的经历，巧妙地分析自古以来中国儒家文明下独特的"商元素"，并特地放在世界这一卷，有意无意将这些"独特性"放在世界历史背景下考量。作者并没有给出答案，其实，答案就在每一位读者心里。

一口气读过章夫先生关于交子的文字，掩卷沉思，我不免心生感慨，作为一个学历史专业且又在历史行当耕耘一生的人，似乎有很多话要说，这里仅针对本书的相关特点，提出三点思考供诸君切磋：

01

新时代新语境的今天，我们应该怎样书写历史？

传统的历史书写，很容易陷入由史料到史料、从资料到资料的循环之中，难以抽身出来。一篇洋洋洒洒的历史论文，往往就是一堆历史资料的堆砌。如何将浩如烟海的史料，通过咀嚼消化之后，化为作者自己的语言、自己的思维，更重要的是自己的"史识"，形成属于自己的文字，在今天的新时代如何讲好中国故事，显得尤为重要。马克斯·韦伯说得很直白："我们这个时代，因为它所独有的理性化和理智化，最主要的是因为世界已被祛魅……"其实，近些年来，我们身边已经涌现出一大批优秀的书写者，他们没有条条框框，少了"科班出身"的约束与限制，可以自由挥洒，充满"调动史料"的热情……看到这些文字我很高兴，我甚至以为，"真正的高手有时往往在行业之外"。

这里要说到当代历史研究的发展趋势，已经由以政治史记述为重，转向以社会文化史为重；由以知识精英的描述为重，转向以人民群众万千气象的生活为重；由历史研究的陈旧式文化生态与呆板框式结构，转向历史研究的传承创新文化生态与活跃的思维进程同尊重历史为根的进程相融合的自由架构。在叙事方式上，寓宏大叙事于生动细节之中，也是当今史学的发展趋势。

　　章夫的文字给我酣畅淋漓之感，关键就在于他是用平民视角，把宏大叙事寓于细节絮语之中，是平淡中的瑰丽，是平常心却又错综古今、控引天地。无论是读他刚刚出版的历史作品《窄门》，还是当下的这本，还是他长时间来关于成都历史多个角度的书写，我并未感觉到是在读历史类文字，他的书写紧扣主题，既放得开，又收得拢，既放得出去又收得回来，可谓收放自如。这也是章夫书写的一大特点。我与章夫相识数十年，也很早就注意他了。我以为，正因为他不是历史科班出身，所以眼里没有条条框框，心里没有陈规旧律，一切以新闻人特有的写作表现手法为上，即新闻术语中所说的"倒金字塔结构"书写，先将人们最感兴趣的元素放在第一位表达，以此类推。有这种"读者至上"的新闻思维，再加上扎实的文学功底，讲出来的故事肯定精彩好看。我欣赏这样的好看。

　　俗话说，新闻是历史的初稿。我们知道，古代没有新闻行业，新闻从业人员由史官替代。因此，司马迁要算是较早的新闻从业者了。他广泛收集素材，遍览山水人文，一部传世巨著《史记》，就似一部深度报道作品集。我高兴地看到，章夫很好地继承了这样的职业思维和职业习惯，以新闻人的眼光和史家的情怀，写出了不一般的具有历史意义的新闻作品。

　　"读史使人明智。"但要说多读几本史书就会明智起来，没那么简单。读史关键在于方法，要善于总结和分析。记住一堆年号并不能使人明智。与其他所有学科一样，读史并不完全靠死记与硬背，更需要悟性，学历史并不见得都能获得智慧，有的时候获得的可能是更深的愚昧。

今天的时代要求我们时代的书写，我们究竟该如何以新的思路书写历史？无论是张宏杰还是章夫，都给了我们一种新的视角和思维，他们的有益尝试值得肯定与赞赏。

02

如何站在历史的高地，睁大眼睛看"全球"？

中国古时候有个比喻，叫作"东山钟鸣，西山磬应"，说的是很多现象看上去无关，实际上互相影响。历史中很多事情就是这样，看似毫无关联，却潜伏着诸多逻辑关系与互动关系，关键就在于我们如何有一双发现这种逻辑关系的"眼睛"。葛兆光先生在主编的《从中国出发的全球史》中说，过去很多历史书，先是只看到帝王将相、精英天才，忘记了普罗大众、平头百姓，然后是只看到各种人事的变迁，忘记了自然、环境和物质的变动，最后是只抓住了道理，却忽略了故事。现代历史学形成的时期，最开始都是书写自己民族和国家的历史。以国家或者王朝为中心书写历史，这个传统很早，但是全面写世界历史这个传统很晚。传统的中国历史叙述，主要是以中原王朝为中心，周边的历史是放在附属地位的。从《史记》以来，中国历史学就开创了一个"以中央王朝为中心，以周边四裔为附庸"的传统。司马迁写

《史记》，主要写的就是传统中央王朝自古以来的历史，他也写匈奴、大宛、朝鲜、南越、西南夷，但这个周边的世界都很小，着墨也不多。这里我们也不必苛求司马迁，他能在那个相对"慢时代"的条件下写出如此伟大的作品来，已经让人倾慕不已了。我这里想说的是，在中国的历史书，尤其是正史里，对世界的描述都不是那么充分，而且往往是陈陈相因的。但是到了晚清，西洋的坚船利炮来了，中国被迫卷入世界，这个时候才开始注重"睁开眼睛"看世界。

布罗代尔说："历史学家首先会打开自己最熟悉的通往过去的那扇门，但是，如果他想让自己的目光尽可能望得更远，就必须去敲开下一扇，然后是再下一扇门。而每一次，都会有一幅全新或略有变化的场景在其面前呈现。……历史将统一这一切，通过无休止的交互作用将这些近邻关系、这些边界共同体紧密联系在一起，并最终变成一个整体。"所以说，这些分支领域当中的每一个领域，都必须去探寻其自身的运转模式，这个模式我们很早就有一个词来概括它，这个词叫"逻辑"。每一个分支领域都有其特有的时间结构：一个特别的开始，一个特别的结束，还有特殊的速度、节奏和内部分期。

20世纪80年代以后，越来越兴盛的全球史是台球撞击型的。有人把历史比喻为一桌台球，一个球打出来，满桌的球都在滚动，彼此影响，互相撞击。如果说，过去的世界史是满天星斗，那么，现在的全球史就是台球撞击，所以在全球史里，互动、影响、联系、碰撞就成了历史的主要面向。所以，进入全球史研究，历史的叙述结构就开始变化了。它不再以国家为单位的政治史为中心，而是以彼此影响的文明史为中心；它也不再以直线的进化和发展为重心，而是以互相的影响和交融为重心；它不再仅仅强调各个国家，同时也强调世界的意义，这是历史学的一个很大变化。

不难看出，过去围绕着高高在上的"王侯将相"的抒写，正在逐渐转向关注与我们息息相关的"人"（人民群众，芸芸众生）。他们成了历史的主体，这越来越成为历史书写的主流。从这个基础上讲，全球史的意义，最重要的还是以"文明史观"来取代"政治史观"，更多强调物质、商品贸易的往来，知识和文化的交流，战争怎样造成人口和族群的移动，自然（包括疾病、气候和灾难）如何影响了人类的历史，等等。

我以为，某种程度上讲，过去那种"宏大叙事"写作自有其存在的正当性，对宏大叙事的后现代批判并没有使它成为一种过时之物，而是使叙述变得更有意识。因此今天世界潮流之下的全球历史，仍需要有一个大视野。这正是葛兆光先生领衔所做的"从中国出发的全球史"的意义所在。章夫先生在本书中从"交子""成都"写到"千年来的世界"，也是我最为欣赏的地方。

03

用什么样的方法，真正打通"任督二脉"？

传统意义上的任督二脉，按照《黄帝内经·素问·骨空论篇》所述，"任脉者，起于中极之下，以上毛际，循腹里上关元，至咽喉，上颐循面入目"。"督脉者，起于少腹以下骨中央，女子入系廷孔，其孔，溺孔之端也。"任督二脉出于人体胞中（少腹），在体表以人体腹部的曲骨穴为起点，从身体正面沿着正中央往上到唇下承浆穴，这条经脉就是任脉；督脉则是由曲骨穴向后沿着人体后背往上走，到达头顶再往前穿过两眼之间，到达口腔上颚的龈交穴。任脉主血，督脉主气，为人体经络主脉。任督二脉若通，则八脉通；八脉通，则百脉通，进而能改善体质，强筋健骨，促进循环。

任督二脉在中医诊脉与道家导引养生上相当重要，我这里想要说的是，如何在历史资料和历史认知中，做到一脉相连真正打通。也就是如何既做到"通识性"又做到"专业性"的问题，而要真正做到二者融会贯通并不是一件简单的事。

首先，要培养讲故事的能力。交子，作为一种千年前的货币，如何将这个一般读者可能感觉晦涩难懂的东西写得鲜活而好看，考验作者讲故事的能力和语言功夫。"方寸之间，乾坤世界。"说到钱，人人都熟悉。钱币，或者说货币，是人类的一项重大发明。人之所以为人，并不是依靠任何外观或血统上的偶然的特征，而是因为人类有着与其他动物截然不同的活动、社会关系和需要。当今社会，随着科学技术的日新月异，在大多数时候，钱被扁平化了，变成了一个符号，一个数字，一个缩影，折射出我们作为凡人最原始的期待。作者比较巧妙地避开了生涩的经济学术语，通过三个历史切片——楮树，天圣元年，英格兰银行天井里的两棵桑树，以大众喜闻乐见的方式切入交子，从而使这个久远而枯燥的历史元素生动起来。关于交子，史料不多，也没有相应的历史细节作支撑，文献仅仅十分简略地提到了一个叫王昌懿的商人。作者巧妙地引用小说中的情节，还原历史，使之丰富且好看。

其次，要有宽广的视野与胸襟。交子诞生于成都，作者也来自成都，如果立足成都写交子，作者可以轻车熟路，也可以写得生动有趣。而作者立足成都却又跳出成都，乃至跳出中国用全球的眼光看待交子（作为世界第一张纸币，交子本来也是世界性的），用故事去分析其中的取舍与得失，来龙与去脉，子丑与寅卯，无形间就显示出作者在题材审视与把握上的视野与胸襟。本书中，作者十分聪明地用时间切片的方式来表达，以时间为轴，将一些看似不相关的人和事串联在一起，使之具有逻辑关联。比如"交子时代的成都官员们"一章，聚焦于天圣元年和成都这一个"点"，实际上却能让读者强烈感受到大宋治下的中国模样。有的时候，历史是需要用长镜头与变焦镜去多层次观察的。只有"长时间、远距离、宽视野"地去观察，才能发现一些整体性的规律。这个"整体性"，对于历史写作者是最为重要的，也是最显功力的。只有跳出庐山之外，才会惊讶地发现，庐山不在"此山中"。

最后，要具备专业的知识储备。为何要把专业性放到最后来说？就是因为我们一些专业人士往往只具备了专业知识，把书"读"进去了，但往往没有"走"出来。我们常常将"深入浅出"这个成语挂在嘴上，却很难在实际中做到。只有"身入"才能"深入"，只有"深入"才能找准事物的规律性；只有"浅出"才能将一些专业的高深的道理通俗易懂地表达出来，成为大众喜闻乐见的文字。往往看上去波澜不惊不动声色的文字，其实写作难度是很大的。这也是真正体现"把厚书读薄"的功夫所在。再回到章夫所著的这本书，交子诞生的政治背景和社会背景十分复杂，如果不加以厘清就很难将内容深入下去，要真正厘清又需要有专业的知识储备和艺术的表现手法，作者用几章的篇幅从不同侧面深入浅出地表达，效果很好。

秦人的铁蹄在黄金的润滑之下，踏破了六国宫阙，中国历史上第一个皇帝诞生了。不过，如同他的祖先一样，秦始皇对货币的兴趣有限，反而热衷于人力的调拨和物资的控制，以实现他移山填海的梦想。直到沙丘梦碎甩下了无数的半两钱和六国旧币承载的物资债务，留给秦二世偿还。刑徒成了朝廷最难控制的政治经济变量，这就是"刑徒经济"。因而有历史学者认为，秦国货币的本质就是"一般债务凭证"。以往的研究者们总是把秦朝的二世而亡归结于皇帝个人的残暴和独断专行，而忽略了秦朝为运作其皇权专制体制而必须支付巨额费用这个财政性因素。它所承担的制度费用，远远超出了当时社会的承受能力，货币供给远远不能满足财政和市场两方面的需要。秦二世没有还债的打算，也没有还债的物资。所以，在维持他父亲众多伟大工程的基础上，他进行了一次雄心勃勃的货币改革，将天下货币归于一统，创造了八铢半两，并定下了钱径八分的行钱标准。随之而来的货币危机和债务危机，席卷了关中大地，协助自关东起兵的豪杰们，摧毁了曾经不可一世的秦朝。秦之速亡，亡于它无法支付庞大无比的制度费用，亡在它难以继续背负沉重的货币欠债，亡在农民、手工业者、商人、刑徒、士兵等的利益都受到损害。这是只有从货币史的角度进行分析才有可能得出的结论。

每一个人都有自己的读书与写作的方法，偏好、风格可以不一样，但一定要科学，广泛涉猎最为重要。历史是一汪大海，只有把自己放到大海里，才会体味到自身的渺小，也只有在大海里才可以真切地感受到辽阔与博大。在审视一事一物后，你就会以不一样的胸襟与方式去研判那些史料与题材。

祝愿章夫带给我们更多更精彩的作品。

谭继和
2024 年 12 月于成都

谭继和

著名历史学家，四川省政府文史研究馆资深馆员、四川省社科院杰出研究员、巴蜀文化学首席专家、四川省历史学会名誉会长、蜀道研究院咨询委员会副主任。享受国务院政府特殊津贴专家、四川省学术（技术）带头人。1965年在川大历史系徐中舒先生门下先秦史专业副博士研究生毕业后，进入中国科学院近代史研究所《中国通史》编写组工作。1976年回蓉，长期从事巴蜀文化研究，主要著述有《巴蜀文化通史》（主编）和《巴蜀文化辨思集》《巴蜀文脉》《历史文化资源与城市神韵建设》等。

目录

上卷
一张神奇的纸币

第1章 从一株树的侧影，寻觅纸的方位

构树之"恶"	002
一块贱木的华丽转身	010
净众寺在何方？	022
一个千年造纸作坊觅踪	033
中国纸张西行路线图	038
一个传统造纸村庄的坚守	045

本章词条：构树，蜀纸，净众寺，平乐造纸坊，怛罗斯战役，桑皮纸之乡

第2章 交子诞生的前夜

蜡丸书"剿灭"后蜀	054
治蜀难比蜀道难，更难	063
下民易虐，上天难欺	074
"蜀茶尽榷"惹的祸？	081
看三朝皇帝，如何平反？	089
这，才是大宋最为害怕的地方	096

本章词条：后蜀，全师雄兵变，后蜀孟昶，王小波、李顺起义，刘旰之变，王均之乱

第3章 四川铁钱的前世与今生

罕见的地域歧视	105

1024—2024，世界第一张纸币交子诞生地成都，以及千年来的世界 上卷

"特区"是如何形成的？	114
那么多钱哪儿去了？	120
四川铁钱，一个时代的特殊印记	129
公孙述留下的"铁钱之谜"	137
伟大的铸铁时代	143

本章词条：金布律，秦半两，五铢钱，开元通宝，永平元宝，大蜀通宝

第4章 王昌懿和他的"交子铺"

北宋，一个"缺钱"的朝代	151
与"飞钱"无缝承接	159
王昌懿是谁？	167
对人的考验开始了	175

本章词条：交子的创造者，成都与交子，交子与茶商，民间交子铺

第5章 一张纸币折射的时代

最初的货币革命	185
官交子命运溯源	194
好在，有一个王安石	204
变法，不是变戏法	214
神宗的眼光与韧性	225
当"滥发"成为治理的主题词	234

本章词条：交引，榷货务，检校库，王安石变法，"行在会子库"钞版，陕西交子

一张神奇的纸币

外形粗粝、豁皮裂干的构树,不经意间铸造了一段辉煌的货币历史。

由是,一张神奇的纸币横空出世。

王昌懿是谁,他干了什么?

十六户蜀商作为一个群体,鲜见有让人记住的名字来支撑。

宋人留下的商元素,可惜昙花一现,只留在了宋朝。

上卷

第1章 从一株树的侧影，寻觅纸的方位

构树之"恶"

川西坝子土地肥沃，上亿年的造山运动，使四川盆地这个硕大的盆底，似聚宝盆一般，成为名副其实的天府之国。这里的农民随手在地上抓一把油黑的泥土，拿到西北地区都是上好的肥料。

天地玄黄，宇宙洪荒。在时间以亿万年为单位的宇宙浩渺和混沌时期，天与地在黑暗中逐渐变得明朗起来……处于青春期的地球，曾一度进行着活跃的造山运动。当青春期进行到三亿六千万年的时候，四川盆地特殊的地貌结构便已然形成。"北依秦岭主峰，南靠云贵高原，西临青藏高原，东向长江三峡……"这是一个巨大的盆地，只有一个出口，那便是夔门；而成都，正处于这个盆地的盆底。四川盆地四面都是浅丘、深丘甚至高山，而中间则是地势开阔、天造地设一般的千里沃野成都平原。

冬无严寒，夏无酷暑，四面高山环绕，平原风调雨顺。成都以其雨水丰沛、气候温润而促催万物疯长。不仅是大熊猫在这里舒适地繁衍生息，许多植物也在这里安了家，成为永久的居民。

无论是城市还是农村，有一种树笑烂了脸，在这温润的土壤里肆无忌惮地疯长，随处可见其子孙后代的影子。

它的名字叫构树。这不，成都东门专门有一条街，就唤作"构树街"。作为制作交子（北宋时期的一种纸币）最适宜的原材料，构树看似平凡，却有着不凡的贡献。

为了对它表达足够的尊重与敬意，北宋初年时期的交子，就特地命名为"楮币"（构树又称楮树）。千年过去了，直到现在，由构树皮制成的纸，还称为楮纸。

构树是成都平原极其平常的一种树，因为其生命力强，成都人往往又用一个通俗的"贱"字来形容。这里的"贱"不带有任何贬义，反而是亲切的称呼，主要指它繁殖力强，不管环境季节，在成都平原水旱从人的温润土壤里，都好养活。或许因为构树的繁殖力太强，会影响其他植物，故而人们每次看到一片构树长出，就会拿刀砍伐，还不时会搭上一句："这树子，太贱了。"

查阅了一下相关辞典与史料，获得有关构树的专业知识：

构树，古时称谷、楮树、谷树等。产于中国南北各地，南亚北部、东南亚等地区也有分布。

构树一般喜欢强烈的阳光，根系具备生长快、萌芽快、分蘖强等特性。构树能同时适应中国北方寒燥和南方暖潮的气候。

构树不挑土壤，耐干旱瘠薄，也能生长于水边，多生长于石灰岩山地，也能在酸性及中性土壤中生长，还可于盐碱地，乃至污染严重的工地正常发育。

构树的韧皮纤维可造纸，果实可生食，也可酿酒。《本草纲目》载，果与根共入药，补肾、利尿、强筋骨。嫩叶可作为饲料喂猪。

构树砍伐后，恢复速度快，次年又可以重新生长成小树林。同样的光照、水分等条件下，构树比其他一般的树种生长的速度会更快。构树的采伐周期约1年，本年栽种，可年内收获；一次栽种，可连续收获。

原以为构树最大的用途就是造纸，没想到一身都是宝，成材快是其独具的品格。

段后雷是我的朋友，土生土长的成都人，他特别喜好植物。他的个人植物记忆里，对构树的泛滥有着铭心的总结：每隔一天似乎都长高一截，几乎是看得见的疯长，土地都不够占了；结籽密集发苗很宽，一不留意，河边桥头、屋后林间、石缝墙根，到处都会长出；环境适应能力超强，具有抗逆性，真算得上"野火烧不尽，春风吹又生"。

让段兄有些不服的是，就是这样一种"雷锋式"的英雄树种，还是引来一些误解与质疑，古时竟被冠以"恶木"之名。变着法子骂构树，比较典型的，是写《水浒传》的施耐庵。《水浒传》里武大本算不上什么角色，因武松、潘金莲而路人皆知。武大的诨名叫"三寸丁谷树皮"，照字面解释就是矮只三寸，面似构树皮般粗糙干裂。此乃"三寸丁"和"谷树皮"两个绰号的连用，形容长得矮小且丑陋难看的男子。《水浒传》第二十三回写道：

这武大郎身不满五尺，面目丑陋，头脑可笑，上身长下身则短；清河县人见他生得短矮，起他一个诨名，叫做三寸丁谷树皮。

却说武家兄弟在《水浒传》中笔墨不少，施耐庵损人带物，构树无端中这一招，也不知其冤也不冤。清代著名诗人、桐城派的代表人物姚鼐，曾以《穀树》为题，创作过一首七言律诗：

墙西生穀两株连，阴蔽斜阳媚夕烟。
恶木岂能妨志士，吾庐何厌聒繁蝉。
窗闲细响鸣秋籁，屋角新光照上弦。
幸假不才居隙地，清风时为至江天。

不难看出，把"构树"称之为"恶木"的姚鼐，对构树也不太友好。

构树的名声问题，并不完全来自民间。很大程度上，它关联着古代诗家对植物的文化审美。循着时间长河上溯，构树第一次被文字关注，应该是2500年前的事。我们熟悉的《诗经·小雅·鹤鸣》中，有这样一段：

鹤鸣于九皋，声闻于天。鱼在于渚，或潜在渊。
乐彼之园，爰有树檀，其下维穀。它山之石，可以攻玉。

其中的"穀"，就是古人对构树的叫法。"爰有树檀，其下维穀。它山之石，可以攻玉"，意为园中檀树枝高叶密，下面的构树又矮又小；他方山上有佳石，可以用来雕美玉。

构树多为落叶乔木。初读这一段，以为所写为灌木类构树。后来又想，当时人们看见构树速生，时常砍之，以免影响其他植物生长。这意味着，先秦时期构树疯长的个性就已经养成，这样的"急性子"一直就没有改变过,且从那时起就开始不受人待见了。

不然,为何"其下"呢?

春秋中叶的《诗经》(约公元前6世纪)在民间传唱数百年后,到西汉年间,毛亨、毛苌叔侄潜心为其作注,后人称为"毛诗",毛氏所注的《诗经》极具权威性,也就是直到今天我们所看到的流传最广的《诗经》版本。

毛氏为构树的注释,极为简明:"榖,恶木也。"鉴于《毛诗》的历史文化地位,此论一出,一锤定音,构树恶木之名从此坐实,无有力辩。就算描述构树最多的《山海经》,也限于其地理与物理视角,对构树文化符号的流传,并无太大的影响。

毛氏将构树列为恶木,主要依据为上"檀"下"榖",取其上"善"下"恶"之意。只是毛氏叔侄不可能知道,到了宋代,成都的楮纸还被朝廷指定为印制世间第一种纸币的专用纸——印制"交子"的纸,就用构树皮制成,并因其不易伪造、磨损,给"交子"带来"楮币"之名。

宋应星在《天工开物》中,介绍的造楮纸法十分详细,操作性强。他这样写道:

凡楮树取皮,于春末夏初剥取……楮皮六十斤,仍入嫩竹麻(竹纤维)四十斤,同塘漂浸,同用石灰浆涂,入釜煮糜。

树已老者,就根伐去,以土盖之,来年再长新条,其皮更美。

交子的制作方法与宋应星的说法稍有不同,成都人没有添加竹料,而是尽用楮皮。

南朝刘义庆在《幽明录》中，开头便说："汉明帝永平五年(62)，剡县刘晨、阮肇共入天台山取榖皮。"有学者考证，"取榖皮"就是为了造纸。榖，木名，即楮树，也就是成都人眼里的构树。《说文》亦云："榖，楮也。"根据刘阮遇仙传奇推断，公元1世纪就以楮造纸。当然，这种说法目前还有争议。不过，在《幽明录》作者所处的南朝，试着用楮造纸应该是有可能的。

"恶木"也不是构树的独有标签，比如皂角树，也被称为"恶木"。公元761年，杜甫寓居成都草堂，作有《恶树》一诗，发出"常持小斧柯""恶木剪还多"的感叹。这里的恶木当然不是指构树，而是鸡栖树，成都人称之为皂角。杜甫在这里借物言志，不满当朝压制贤良。

唐宋以来的文字，唯苏轼意欲重墨为构树立言。他曾留下过《宥老楮》一诗，此诗虽长，但几乎句句与构树关联：

我墙东北隅，张王维老榖。树先樗栎大，叶等桑柘沃。
流膏马乳涨，堕子杨梅熟。胡为寻丈地，养此不材木。
蹶之得舆薪，归以种松菊。静言求其用，略数得五六。
肤为蔡侯纸，子入桐君录。黄缯练成素，黝面颒作玉。
灌洒烝生菌，腐余光吐烛。虽无傲霜节，幸免狂酲毒。
孤根信微陋，生理有倚伏。投斧为赋诗，德怨聊相赎。

东坡先生博学，想必对《本草经》之类著作描述构树的功用烂熟于心。本想挖去这棵不材的老构树，怎奈联想其皮可制纸造布，果能入药，还可辅助自己的烹饪手艺，也就罢了。最后投斧赋诗去，徒生出对构树德怨两抵、暂且宥之的心绪。

苏轼以怨入笔，本想为构树说几句好话。却一改平常恣肆豪放本色，反以白描般手法写实，也让人感到其字里行间的犹豫与纠结。如果权且算作一辩，此辩全无"榖，恶木也"的干脆利落，也未能给构树之名带来大的反转。

好在构树全然不顾这些人间的是是非非与纠葛缠绕，也不看任何人脸色行事，褒也好，贬也罢，均泰然处之，一味地由着自己性子疯长。它是要用自己的行动，长出一个由自己创造的新世界来。所以，到了苏东坡的时代，这时的构树终于成了人们眼中的主角，摇身一变成了交子的原料，无论是物理空间还是意识空间，在成千上万年的不懈争取和努力之下，其待遇当然应该好多了。

自然地、野性地、不问缘由地生长，也许就是构树的天性。

或许，这就是后来不少文人喜欢楮纸的原因吧。

别名楮树，桑科构属高大乔木或灌木状植物。小枝密被灰色粗毛；叶宽卵形或长椭圆状卵形，先端尖，基部近心形、平截或圆，具粗锯齿；花雌雄异株，雄花序粗，雌花序头状；聚花果球形，熟时橙红色，肉质，瘦果具小瘤；花期4—5月；果期6—7月。构树产于中国南北各地，南亚北部、东南亚等地也有分布。构树喜光，适应性强，耐干旱瘠薄，也能生长于水边，多生长于石灰岩山地，也能在酸性及中性土壤中生长。构树一般繁殖方式为扦插和播种繁殖。树皮、叶、种子可入药。树皮味甘，性平，有利尿消肿、祛风利湿的功效。叶味甘，性凉，有清热凉血、利湿杀虫的功效。种子味甘，性寒，有补肾强筋、明目利尿的功效。构树的韧皮纤维可造纸，果实可生食，也可酿酒，嫩叶可作为饲料喂猪。构树砍伐后，次年又可以重新生长成小树林，恢复速度快。构树的采伐周期约是1年，本年栽种，可年内收获；一次栽种，可连续收获。

词条　构树

一块贱木的华丽转身

在构树还没有完全变成楮纸的时候,成都关于纸的形象代言,几乎全由苎麻承担。

作为一种多年生草本植物,由于气候适宜,水资源丰沛,苎麻在成都十分普遍,疯也似的野蛮生长。不仅如此,自唐代以来,巴蜀产麻,就已经天下闻名,杜诗中还留有"蜀麻吴盐,自古通万斛之舟,行若风"之句。

有史料查考为证,殷墟出土的卜辞中,就有丝麻的象形文字。《诗经·陈风》中,还有"东门之池,可以沤纻"之句,诗中特别描写了美丽的姑娘,在河边洗纻的情景。

纻就是麻的一种,又称"苎麻"。因为原材料丰富,成都平原成为全国著名的麻纸产地,因而"蜀中多以麻为纸"顺理成章。苏易简在《文房四谱》记载,成都的麻纸中还诞生了像"玉屑""屑骨"这样的麻纸品牌。随着工艺的精进和技术的不断提升,宋代成都地区所造的麻纸,也不断提档升级。原料已不再只是苎麻一种材料,而是间以其他原料,比如,"笺纸有玉版,有贡余,有经屑,有表光",其中"玉版、贡余杂以旧布、破履、乱麻为之"。

这样的杂交优势,效果十分明显,产出的产品出乎意料地畅销。"惟经屑、表光非乱麻不用。"无疑,纸的品种及质量也在一直往上走。其后的南宋人陈槱也在《论纸品》中有相关论述:"布缕为纸,今蜀笺犹多用之。"

有成都平原这个巨大的苎麻原材料基地,又有上好的麻纸加工厂,宋代成都地区成为全国最大的麻纸生产基地,也就顺理成章。

苎麻不仅是造纸的上佳材料,也是用来制作服装的原料。蜀麻主要用来生产各种麻布,如青布、竺布、葛布、筒布、贵布、弥牟布等都进贡京师,远销全国。生产麻布之后的大量乱麻就用来造纸,是为物尽其用。故而《笺纸谱》(注:本书所引用的《笺纸谱》《楮币谱》和《岁华纪丽谱》的作者,古籍上多题为元代费著。巴蜀历史学家谢元鲁提出异说,认为这些书均成于南宋末年,作者不考,并非百年后的元代费著所作。本书赞同其观点,以下引用时故名之。特地说明)中说:

以木肤(即树皮)、麻头、敝布、鱼网为纸,自东汉蔡伦始。……今天下皆以木肤为纸,而蜀中乃尽用蔡伦法。笺纸有玉版,有贡余,有经屑,有表光。玉板、贡余杂以旧布、破履、乱麻为之,惟经屑、表光非乱麻不用。

这里所讲的麻头、敝布、鱼网等,其实也都是麻质。又有一种专门用织布下脚料生产的布头纸。苏轼在《志林》也承认:"川人取布头机余经不受纬者治作纸,名布头笺,冠于天下。"正因为如此,所以苏易简在《文房四谱·纸谱》中指出,"蜀中多以麻为纸",故称为"益州麻纸"。

宋时的造纸中心，就分布在成都西南郊的浣花溪与百花潭一带。"以浣花溪、百花潭水造纸故佳，其亦水之宜矣。"这里还云集着不少专门造纸的"纸户"——相当于我们今天所说的专门经营纸业的商家。我们不难想象，此间的蜀纸产业已经形成了相当的规模。"府城之南五里有百花潭"，因着都江堰清澈的雪山之水，造出的纸张有张力，有韧度，色彩也极为匀称。

成都人有着极其悠久的商业禀赋，继锦官城、车官城之后，可以认为，锦江河畔又多了一个"纸官城"。虽然对此史书上没有明确的记载，或许是因为宋时成都的商业园区太多，纸这种文明的因子，还未表现出与车、锦媲美的产业优势。但"以纸为业者家其旁"的记载，也足以让我们感受到规模其盛，品种其优，从业人数其众。

百花潭附近"皆有桥焉，其一玉溪，其一薛涛"，这样的景致有如锦江上日日漂浮的濯锦，成为成都最为鲜亮的色彩，映照着成都商业繁华的天空。对于这样的景致，唐宋文豪多留有墨迹，记述其盛。

蜀地造纸业的蓬勃发展，催生了大批造纸作坊和家庭造纸商，浣花溪、百花潭一带聚集了一大批造纸作坊，形成了稳定的造纸产业。得益于丰富的造纸材料和清冽的水源，苏东坡在《书六合麻纸》赞赏："浣花溪，水清滑胜常，以沤麻楮作笺纸，洁白可爱，数十里外便不堪造。"成都西郊浣花溪畔，气候宜人，水源充足，竹树成荫，溪水清澈滑腻，透着柔感，是沤麻上好的水源。据说，苏东坡来成都每每到浣花溪赏景时，还不时考察浣花溪的造纸奥秘，留下"数十里外便不堪造，信水力也"的好评。

浣花溪、百花潭两岸众多的造纸作坊一派忙碌，送料运纸的车辆来来往往，人声鼎沸，十里相连。这里云集了数量庞大的抄纸工，他们手握两根细竹，紧绷起一面细纱，两手放平，在浆槽里轻而均匀地将纸浆捞起。人们利用上好的水资源，做成简单的机械动力，把沤熟的造纸原料漂洗白净，然后放在大石臼（碓窝）里，用水力带动石碓捣烂。

一双双灵巧的手，将一幅幅规格不同的纸，如哈达一般从水面上托出，献给蓝天。

浣花溪的造纸盛况，成为成都继丝绸之后一道独特风景。为避黄巢兵乱而入蜀的诗人郑谷，见此情景不禁诗意大发，留下了"蒙顶茶畦千点绿，浣花笺纸一溪春"的佳句。

满眼的蜀纸春景，会同滔滔不绝的溪水，可谓水天一色，相互辉映。

雨止风益豪，雪作云不动。
凄凉汉陵庙，衰草卧翁仲。
画妓空笙竽，土马阙羁鞯。
壤沃黄犊耕，柏密幽鸟哢。
尚想忠武公，身任社稷重。
整整渭上营，气已无岐雍。
少须天意定，破贼宁患众。
兴亡信有数，星陨事可痛。
陵边四五家，茆竹居接栋。
手鞣纸上箔，醅熟酒鸣瓮。
虽嗟生理微，亦足逭饥冻。

刘葛固雄杰，阅世均一梦。

论高常近迂，才大本难用。

九原不可作，再拜临风恸。

(陆游《谒汉昭烈惠陵及诸葛公祠宇》)

陆游笔下的这首诗，通过对造纸现场和造纸工人工笔画般的细节描述，特别是"陵边四五家，茆竹居接栋""手鞁纸上箔，酷熟酒鸣瓮"几句，十分生动形象地描述了成都造纸业的兴旺与繁盛。

益州麻纸的尺幅大小不同，颜色则有黄白之分。据载，白麻是经漂白的，比较美观。黄麻则加入了黄檗树皮的溶液。黄檗树皮中含有多种生物碱，有较好的杀虫作用，用黄麻纸书写的各种经书、文件等，就可避免虫蛀。

唐代，巴蜀的黄白麻纸是中央的官方用纸，也是巴蜀向朝廷的重要贡品。《旧唐书·经籍志》记载：

凡四部库书，两京各一本，共一十二万五千九百六十卷，皆以益州麻纸书写。

当时政府每月要给掌管图书、秘书工作的中央图书库集贤殿书院学士"蜀郡纸五千番"用于抄录图书。一番为多少张，史籍未载，但据《笺纸谱》所载，蜀纸较厚重，"一夫之力仅能荷五百番"。这就是说，每月由太府发给集贤院的蜀纸，要10个全劳力来搬运。仅集贤院一个机构一月就有如此之多的消耗量，还不算皇帝诏令和官府文书用纸，可见当时对成都麻纸需求量之大。

《唐会要》还告诉我们一个数字，大中三年（849），集贤院共用麻纸11707张。除了中央图书库外，李肇在《翰林志》中还透露，凡"赦书、德音、立后、建储、大诛讨、免三公宰相命将，日制，并用白麻纸，不用印。……凡慰军旅，用黄麻纸并印"。

官府，无疑是麻纸最大的用户，因而成都麻纸又被尊称为"官纸"。

据说，因为益州麻纸的品牌效应，其他地方也尽力仿造蜀纸，但生产出来的麻纸却怎么也没有益州麻纸那种上好的质量。后来人们发现，纸质源于水质。浣花溪水含铁量低，悬浮物少，硬度不高，抄出的纸张细薄坚韧、洁白光滑，所以其他地方难以仿造出这样的纸来。

我们今天只知道，水质对于白酒的质量至关重要，没想到于看似粗糙且低廉的纸而言，水质也很关键。

当苎麻在成都中心城区牢牢占据有利地形的时候，慢慢登上市场舞台的构树，却低调地选择了较为偏远的成都府广都县（今天的成都市双流区）。古蜀有三都，成都、广都和新都，当时的广都在现在的中和、中兴一带，是古老都城，也是重要的产纸重地。

时间到了隋炀帝时代，"广都"二字便不再用，盖因隋炀帝名叫杨广，为避皇帝名讳，不能有"广"字，"双流"一名随之诞生。"双流"取西晋文学家左思《蜀都赋》中"带二江之双流"而得名。这个地名一直沿用到今天，最早的广都就这样湮灭在历史长河之中，慢慢地淡出了人们的视野。

据悉，广都城外的牧马山，一直都是一片茂密的森林，当然也是构树的天堂。文献上说，当时成都平原楮树集中产出最多的地方，在今天的双流牧马山一带。牧马山属于成都冲洪积扇平原，在南向和西南方向的三、四级基座阶地，高程一般为550—610米，经冲刷、剥蚀，被切割为数条纵列的长达60公里、宽达25公里的垄岗平台，方圆二百里，从双流一直迤逦到新津。

从空中鸟瞰，牧马山台地为成都平原上一座隆起的土阜，肥厚而丰饶。楮树这种"成都造"本地树种，多依靠鸟粪传播，因其适应性强、喜光、耐旱、耐瘠、速生，产量巨大且漫山遍野疯长，成为很好的造纸原材料。

树转化为纸，就地取材，物尽其用。正是这种外形粗粝、豁皮裂干的构树，在不经意间铸造了一段辉煌的货币历史。构树摇身一变，成了北宋时期的交子，是成都人化腐朽为神奇，将它锻造成中国农耕社会商业资本流通加速器的轻薄型载体。

《笺纸谱》载："广都（成都）纸有四色，一曰假山南，二曰假荣，三曰冉村，四曰竹丝，皆以楮皮为之。"《笺纸谱》还详细记述了四大品牌楮纸名的由来：广幅而不用白粉者，叫作假山南；狭幅而用白粉以浆涂纸面，再砑光（用石磨纸面），使纸质白净者，叫作假荣；造于冉村，用村边溪流的清水洗涤纸浆，纸质洁白者，叫作冉村，又叫清水；造于龙溪乡，轻细柔韧者，叫作竹丝。

给纸施粉是纸的一种加工法，它是用白色淀粉糊刷纸面，再行砑光，以增加纸的白度、平滑度，使纸面紧密，吸墨性好。"而竹丝之轻细……视（比）上三色价稍贵。"只是竹丝纸比前三种纸稍贵一些。

与纸打交道的人都知道，"幅"是指纸张的宽度。广都生产的假山南和假荣这两种楮纸，有大小和是否施粉的不同。另外，在冉村制造的叫清水纸，在龙溪乡制造的叫竹丝纸，"造于冉村曰清水，造于龙溪乡曰竹纸"。不难看出，冉村和龙溪这两个不起眼的小地名，已经成为有一定知名度的品牌之地了，千年前人们已经有了地名意识和品牌意识，只可惜还是未能传承流远。今天已很难考证冉村、龙溪两地的具体位置，只知道是在双流版图上。

可以肯定，广都这个地方，宋时已经是成都乃至四川的造纸基地。

"蜀中经史子集，皆以此纸传印。"这些楮纸系列，又都是公务用纸，"凡公私簿书、契券、图籍、文牒，皆取给于是"。

很快，成都楮纸销量和影响力就超过了麻纸。并不是麻纸不优秀，专家考证原因有二。一是楮纸比麻纸的性价比高。成都发达的造纸业和纸工的智慧，改变了楮纸无人问津的命运，成都楮纸一下成了市场新宠，堪称价廉物美。第二，前面说了，苎麻是极好的织布原料。宋代朝廷在四川采取一种激励政策，先付钱后交货。即政府为了尽量多收购麻布，先把布钱付了，再等着要百姓的布，这种方式在当时叫作"和买"，目的是鼓励百姓多织麻布。

政府这样做，倒不是真的为百姓好，而是因为边关吃紧，需要大量的布以供士兵的春衣。而麻布，最是价廉物美，穿在身上也厚实。因而，当成都平原的苎麻承担着保家卫国的重任之后，构树便挺身而出，正好填补了麻纸留下的巨大空间。

物以稀为贵。此时，精心制作的麻纸，已经成为一种贵族使用的奢侈品，极少在市场上流通。因而，当麻纸的数量大幅减少后，麻纸的价格也随之上涨。何况有了替代品后，麻尽可以去开发它的其他潜能了。相反，造楮纸，在将楮树皮剥下用于造纸外，树干还可当作柴禾，足够熬煮树皮之用，可谓物尽其用，一身是宝。

自此以后，苎麻与构树交相辉映。它们彼此共同努力，较着劲地在成都大地上肆意生长，让成都的造纸工匠们，不断刷新"蜀纸"繁荣的天空。

今天的造纸行业，几乎成了高污染的代名词。但唐时的这些造纸业，或许因为技术还处于工业的初级阶段，没有加入相应的化学制品，又或许因为整体规模还不太大，致使环境自身的平衡没有打破，净化得比较快……至少，我们尚未看到有关环境污染的记载。或许，环境污染也仅仅是近代世界以来的现象。

楮纸质地坚韧耐磨。史载，四川地区最早使用的交子便是用楮纸制造，"蜀民以钱重，难于转输，始制楮为券"，因此交子也称"楮币"。

《宋史·食货志》载，南宋理宗时，有臣僚赞赏川纸的品质，并作了如是推荐：

大抵前之二界，尽用川纸，物料既精，工制不苟，民欲为伪，尚或难之。迨十七界之更印，已杂用川、杜之纸，至十八界则全用杜纸矣。纸既可以自造，价且五倍于前，故昔之为伪者难，今之为伪者易。

由于川纸"物料精"并且"工制不苟",因而很难仿造。杂用川、杜之纸或全用杜纸(指两浙路竹纸)制造的纸币,不但价格昂贵,且较易仿造,足见广都楮纸制作精良。

用构树制成的楮纸究竟好在哪里?我们来仔细看看其制作工艺流程:

将剥下的构树皮,在水池中沤,通过生物发酵作用,除去果胶,再剥去青皮,用草木灰碱液蒸煮,再舂捣,漂洗成纸浆造纸。

如果说这样的介绍还略显简单粗放的话,成都交子公园内交子金融博物馆的展厅里,图文并茂地展示了楮皮做纸传统制作的"五步造纸法",操作性很强,分别是:

斩构漂塘:择春末夏初时节剥取构树皮,并就地开掘山塘,以竹管引水漂浸,约百日后取出,用木棒敲打,洗掉粗皮。

煮煌足火:将浸泡后的构树皮用石灰调成乳液拌和,放入煌桶中蒸煮数日。

荡料入帘:手持抄纸帘在抄纸槽中荡起构树皮浆,使其进入帘中,然后翻转帘网,将纸堆叠到木板上。

覆帘压纸:在堆叠的纸张上压上木板,捆上绳子并插入棍子绞紧,压干水分,再将纸逐张揭起准备焙干。

透火焙干:在土砖砌成的夹巷内烧火加热,将湿纸逐张贴到夹巷外壁透火焙干。

这种方式生产出来的楮纸经久耐磨,印刷出来的交子不仅墨色清晰，而且难以伪造。《宋史·食货志》也特别指出，交子所用的纸就是四川地区特产的纸，纸张精美，工艺精湛，民间如果想要仿造交子，难度很大。正所谓"民欲为伪，尚或难之"。

考虑到防伪的需要，政府对印制纸币的纸张当然要进行严格筛选。北宋时期，印刷交子所使用的纸张，指定是成都地区盛产的楮纸。用今天的话来说，就是"楮纸作为国家货币交子唯一指定用纸"。

成都楮纸在历史上有骄人地位，就在于它被两宋政府定为纸币专用纸。

自北宋初期，由成都十六户富商集资三十六万缗做保证金，在世界上首次发行纸币交子，到宋仁宗天圣元年（1023），朝廷特设益州交子务，改由官府发行，至宋徽宗大观元年（1107）为止，共发行42期官交子。

自43期起，将交子名改为钱引，南宋时期又改称会子。

需要说明的是，无论是交子，还是钱引，或是会子，宋代发行的这些纸币用纸，均是成都牧马山的构树作原料，成都工匠利用特殊工艺，特制的楮纸。

有一个称谓细节，可以看出宋人对楮纸的喜爱，他们常将纸币称作"楮币"，或"楮券"，甚至爱称为"楮"。交子的出现，成就了楮纸最显赫的时光。

洛阳纸贵的楮纸，由此成为天下无人不识的一代名纸。

唐代有玉版、贡余、经屑、表光等著名品种。玉版、贡余是用破布、乱麻作原料制成；经屑、表光则用纯麻，因此又称麻纸。质地光滑细密，坚固耐用。《旧唐书·经籍志》载：唐玄宗开元时，西京长安和东京洛阳各藏有经、史、子、集四部书一套，共125960卷，"皆以益州麻纸写"。楮纸在隋代大量生产，唐代更为流行。成都附近广都县生产的楮皮纸，有"假山南"、"假荣"、"冉村"（清水）、"竹丝"等四种名纸，专供簿、契、图、牒（官文书）之用。楮树皮纤维细长，便于二次加工，故唐宋时代许多名贵纸张都是以楮纸再加工制成，著名的浣花笺就是楮纸再加工所制成。

词条　蜀纸

净众寺在何方?

其实,蜀纸早在宋朝之前就已经名满天下了。据说,南唐皇帝李璟喜爱蜀纸,一年两次,花费重金从成都采购大量的蜀纸运回江南。路途远时间长,耗时费力仍不能满足人们的需求。李主又出重金请蜀中造纸工匠去指导,后蜀皇帝孟昶干脆下令,选派了一批技术好的造纸工匠前往江南,亲自操刀。

我国的造纸术形成于汉代,蔡伦造纸已经成为中国人的骄傲,晋代造纸术已传到全国。但在几乎所有的古代文献中,一直见不到汉晋时期纸张重要产地的记载。

一直到唐代,我国才出现了第一个造纸业的中心,这就是四川。李约瑟主编的《中国科学技术史》第5卷第1分册《纸和印刷》也承认:"四川从唐代起就是造纸中心。"而在宋代,全国造纸中心发展到4省7处,四川独占两席。

据说公元10世纪时,南唐后主李煜(937—978)曾经设局造纸,召唤名匠,造出以他的一所书斋为名、美誉不衰的佳纸(澄心堂纸)。南唐覆灭后,这些工匠流亡到长江下游各地,形成新的造纸中心,堪与蜀纸抗衡。(李约瑟《中国科学技术史》)

这就是说，在此以前，蜀纸一直在全国居于领先地位。而且我们还可以作一点补充，澄心堂纸虽然产于金陵（今南京），却是巴蜀造纸技术的结晶。用今天的话说，技术成果与知识产权，均掌握在成都人手里。

宋陈师道《后山谈丛》也说："（南唐）求墨工于海，求纸工于蜀。中主好蜀纸，既得蜀工，使行境内，而六合之水与蜀同。"从中不难看出，李煜当时所召唤的名匠，是后主孟昶念及国与国之间的交情，从蜀中派去的造纸工匠。

据载，那些身怀绝技的蜀纸工匠们并不是单身出行。孟后主安排得很是细心，让他们的家眷一并前往，使其心无旁骛，少了后顾之忧。

有了这批工匠作技术支撑，南唐造纸技术日臻成熟，造出了世所罕见的"澄心堂纸"。澄心堂是南唐中主李璟宴饮休息的闲居之所。南唐继任者李璟第六子李煜（南唐后主）是历史上有名的帝王诗人，对于纸的质量甚为讲究，还特地设立了专门的造纸管理机构。

不出意外，这应该是中国历史上最早的国家级造纸管理部门。

文字作为文明的重要标识，对人类历史进步具有奠基性作用。而纸作为文明的载体，为一代又一代读书人所喜爱，柔弱而有力的毛笔能有一张相匹配的纸一起书写时代，是读书人莫大的欣慰。一个酷爱诗和艺术的皇帝，当然对纸情有独钟，在家天下的时代，成立一个部门专门来打理，是再简单不过的事了。

薄、滑、白、韧是澄心堂纸的最大特点。"薄如竹纸、韧如皮纸、色如霜雪、寿如松柏"，"肤卵如膜，坚洁如玉，细薄光润，冠绝一时"。

李煜将澄心堂纸视若珍宝，平时均束之高阁难得一见，仅在奖赏有功大臣时才会赐一些，因而传世极少。南唐国灭，宋朝接棒。据传，宋徽宗的名画《柳鸦芦雁图》，就是用澄心堂纸而作。

李煜是有品牌意识的。身为南唐后主和著名词人，无论是政界还是文学界，李煜的名气很大，号召力也特别强。有了李煜的加持，澄心堂纸的名气不胫而走。

苏易简在《文房四谱·纸谱》赞誉："南唐有澄心堂纸，细薄光润，为一时之甲。"

沈括在《梦溪笔谈》也说："后主（李煜）时，监造澄心堂纸承御，系剡道其人。"

要知道，苏易简和沈括二人，在今天看来就是研究纸的权威专家。更重要的是，他们都出生在北宋，晚于李煜仅数十年，他们出生时，李煜早已名满天下，且苏易简还是蜀人——出生于绵州盐泉（今四川绵阳），其评价应该相对客观。这样的评价当然可以影响到更多的文人墨客。

有了苏易简和沈括的定调，北宋的文人雅士们对澄心堂纸也就有了更多的研究与想往。北宋名臣蔡襄称赞："纸，澄心堂有存者，殊绝品也。"北宋大文豪欧阳修好不容易得到少许澄心堂纸，竟不敢落笔，作诗称："君家虽有澄心纸，有敢下笔知谁哉。"文人都有好花共赏的习惯，欧阳修又转送"二幅"给他颇为欣赏的同僚梅尧臣。梅尧臣获纸后激动不已，写下长诗《永叔寄澄心堂纸二幅》以示纪念，不禁发出"江南李氏有国日，百金不许市一枚"之感叹。全诗如下：

昨朝人自东郡来，古纸两轴缄縢开。

滑如春冰密如茧,把玩惊喜心徘徊。
蜀笺蠹脆不禁久,剡楮薄慢还可咍。
书言寄去当宝惜,慎勿乱与人剪裁。
江南李氏有国日,百金不许市一枚。
澄心堂中唯此物,静几铺写无尘埃。
当时国破何所有,帑藏空竭生莓苔。
但存图书及此纸,辇大都府非珍瑰。
于今已逾六十载,弃置大屋墙角堆。
幅狭不堪作诏命,聊备粗使供鸾台。
鸾台天官或好事,持归秘惜何嫌猜。
君今转遗重增愧,无君笔札无君才。
心烦收拾乏匳椟,日畏扯裂防婴孩。
不忍挥毫徒有思,依依还起子山哀。

诗的大意是说,当年南唐还未灭亡的时候,这纸就百金难求,现在价值更贵重了,你却送我两张。我没有你那么有才,根本不舍得在这么昂贵的纸上写诗作画。不得不放在柜子里藏起来小心看护,每天还得防着家里小孩给我弄坏了。每次打算用的时候,拿起笔却又始终舍不得落笔,只好看着远处的风景惆怅,不知所措。

百金难得一枚,此说虽显夸张,也足见蜀工手艺下的澄心堂纸,真是一纸难求了。作为楮纸中的精品,澄心堂纸能有如此殊荣,夫复何求?

为了更加聚焦主题,让我们把目光从澄心堂拉回到成都净众寺。为什么要说到净众寺?缘于这座千年古刹,南宋时曾为楮币交子的印务所。当楮纸变成楮币交子之后,其纸品形态也实现了华丽转身。

《楮币谱》有这样一段文字,将净众寺写入其中:

元丰元年(1078)增一员;掌典十人,贴书六十九人,印匠八十一人,雕匠六人,铸匠二人,杂役十二人,廪给各有差。

所用之纸,初自置场,以交子务官兼领,后虑其有弊,以它官董其事。

隆兴元年(1163),始特置官一员莅之,移寓城西净众寺。

这段文字,清楚明白地表述了宋朝官方发行的交子的印制地,就在"成都城西净众寺"。

从字面理解,净众寺应该就是让众生身心清净无为之地。净众寺由来已久,但留存于史籍的记载却不多。我游走于四川几个大的图书馆求诸史料,方得到净众寺的零星信息,这里且将几种记载中,不完整的净众寺粗略画像如下:

净众寺最早建于东汉桓帝延熹年间,六朝时名为安浦寺,唐时名为净众寺。

至唐末,为了巩固统治,唐武宗于会昌五年,下令清查天下寺院及僧侣人数,禁止佛教,26万多名的僧尼被迫还俗,4600多所寺院遭到毁坏,全国多地出现"僧房破落,佛像露坐"的惨景。远在成都的寺庙同样没有逃过厄运,净众寺差点被毁。

到了宋朝时,净众寺更名为净因寺。净因寺禅院幽深,松竹交茂,僧佛众多,为城西古迹大寺。成都市金堂县今天还有一个村,名叫净因寺村,我没深究其原委,估计彼此应该有关联。元末明初净众寺又更名为万佛寺，明末张献忠进川后终毁于战火，不存。清康熙初年，不复存在的净众寺浴火重生，仍名为万佛寺，地址就在成都西门通锦桥侧。

据上年岁的老成都人回忆，20世纪40年代该寺庙遗迹尚存，抗日战争时期，成都树德中学的师生曾疏散于此。因为地势宽敞，1947年，这里还一度改设为成都理学院。新中国成立后，可能因为城市的扩建需要，上千年的寺庙遗迹焕发新生，重新生长出一个科研机构——铁道部第二勘察设计院（现中铁二院工程集团有限公司）。

自此，几度更名的净众寺远离人们视野，只作为一个名字符号存留于世。如今，铁道部第二勘察设计院内，尚立有一块纪念交子印制地的标牌，用于提醒后人们。

傅先庆是一位钱币收藏家，从小生长在万佛寺旁（即净众寺），虽然寺庙没有了，但当时的情景却历历在目：

我家离通锦桥不远，旁边就是万佛寺，寺庙周围有参天古树，周边还被小溪包围着，小溪上游安装有高大的水车，不停地旋转将小溪的水提上岸流向寺庙使用。记得离寺庙不远处还有一水碾，是专用来碾压造纸原料的。

小时候，我经常到寺庙前的土地庙里玩耍，和老和尚聊天。抗战期间，树德中学曾疏散至此。1947年被改建为成都理学院，解放后该校被合并到四川大学。

20世纪50年代，中铁二局和中铁二院落户于此，万佛寺就被占用了。

却说绍熙五年（1194）的净众寺，始创抄纸场，遭官治其中。"抄匠六十一人，杂役三十人。"短短数语告诉我们，仅位于成都西郊净众寺特制楮纸工场的员工，抄匠加上杂役就近百人之众。此时，印制纸币的楮纸，由朝廷派来的京官监制，抄纸工人全都纳入政府编制。用今天的话通俗来说，这些抄纸工人算得上较早的国企员工。

人们不解的是，为什么要将一个造纸场，放在远离尘世的净众寺？四川大学原历史系教授成恩元先生分析认为，制造纸张，需要大量的进水和污水排放，造出的纸又需要晾晒，造纸作坊必须建在有天然来水和宽敞的地方。万佛寺地区恰好符合这些条件，周围林木葱郁，有溪水环绕，取水及排污都很方便，有利于造纸和晒纸。

这样的分析颇有道理，不过，还是不能完全解决人们心中的疑问。比如，神圣的寺庙与喧嚣的造纸厂有什么必然关联？在成都要找一个水资源丰富又宽敞的地方，根本不难，为何一定是净众寺？

其实，答案不难寻找。一个开明的王朝必定有一个开明的体制机制，一个开明的体制机制之下，必定有一个开放的市场。

商业因子十分活跃的宋代，几乎可谓全民经商。宋代从事贸易的门槛很低，从事的人不仅有正式的商贾，且包括外国的使臣、在任或罢任的官吏、应试的举子，还有从事农工业的生产者。滚滚红尘间，专事精神活动、提倡清心寡欲的寺庙也难以抵抗住如此诱惑。《鸡肋编》是宋人史料笔记中比较重要的一种，内容翔实，其资料价值一向为人们所公认。其作者庄季裕在卷中透露："广南风俗，市井坐估多僧人为之，率皆致富。"不难看出,广东僧人经商十分普遍。《梦溪笔谈》作者沈括的同族兄弟沈辽在其诗文别集《云巢编》中云:"三湘之间,惟永为奥区。……为浮屠道者,与群姓通商贾,逐酒肉……"可知湖南永州(即零陵)的和尚也同样在做买卖。

时代大气候下,宋代不少寺院也纷纷放下架子,加入世俗的商贸大潮中来,做起了卖茶、卖药甚至卖猪肉、典当的营生。

《宋会要辑稿·食货三二》载,政和三年十二月六日,中书省言:

检会崇宁四年八月十七日朝旨,应在任官亲戚,及非在任官、僧、道、伎术人、军人、本州县公人,及犯罪应赎人,不得请引贩茶。如违,其应赎人杖一百,余人徒三年,犯罪应赎人送邻州编管。许人告,赏钱五十贯。……

这种僧道贩茶的事实,以福建为多,因为福建在当时是茶叶的著名出产地。南宋洪迈《夷坚丁志》卷6说福建僧人贩茶至杭州云:

建安人叶德孚……绍兴八年,假手获乡荐,结婚宗室,得将仕郎。明年(赴杭州)参选。以七月二日谒蜀人韩恮问命。韩曰……后十六日,叶得病,即呕血,始以为忧。同行乡僧来货茶,与之同岁,乃令具两命,复诣韩。韩曰:"记得此月初曾看前一命,但过不得立秋。此日不死,吾不谈命!"僧归不敢言。叶病……竟以立秋日死。

另,《东京梦华录》卷3说,汴梁建隆观道士卖齿药云:"出梁门西去,街北建隆观。观内东廊于道士卖齿药。都人用之。"张舜民《画墁录》卷1说,汴梁相国寺烧朱院炙猪肉出卖云:

相国寺烧朱院旧日有僧惠明善庖,炙猪肉尤佳。一顿五斤。杨大年与之往还,多率同舍具飧。一日大年曰:"尔为僧,远近皆呼'烧猪院',安乎?"惠明曰:"奈何?"大年曰:"不若呼'烧朱院'也。"都人亦自此改呼。

上述宋代寺院制造的商品是为市场而生产。这些商品的买卖大都由寺院主持。除此以外,寺院又从事其他商品的贸易。

更为夸张的是,一些寺庙还更为大胆,干起了典当业。

据南宋诗人陆游考证,寺庙经营典当业在南北朝就已很盛行。陆游在其因镜湖岸边的老学庵书斋而得名的《老学庵笔记》中记载:

今僧寺辄作库质钱取利,谓之长生库,至为鄙恶。予按梁甄彬尝以束苎就长沙寺库质钱;后赎苎还,于苎束中得金五两,送还之。则此事亦已久矣。庸僧所为,古今一揆。可设法严绝之也。

只是到了宋代,寺院经营的典当业,更为发达。郭若虚《图画见闻志》卷3说商人以名画作抵押品,向汴梁寺院借钱云:

王齐翰,建康人。事江南李后主,为翰林待诏。工画佛道人物。开宝末,金陵城陷,有步卒李贵入佛寺中,得齐翰所画罗汉十六轴。寻为商贾刘元嗣以白金二百星购得之。赍入京师。复于一僧处质钱。后元嗣诣僧请赎。其僧以过期拒之,因成争讼。

　　这样的记载史料还有不少,比如北宋章炳文的《搜神秘览》说代州的和尚经营典当业,南宋洪迈在《夷坚志》中也说到鄱阳等地的寺院经营典当业。按陆游《老学庵笔记》的记载,寺院经营典当业已是十分普遍了。

　　行文至此,列位就不难理解造纸场为什么会设在净众寺了。只不过,与其他寺庙相比起来,净众寺可能也开创了合作经营模式的先例。

词条　净众寺

净众寺，是成都历史上著名的佛教寺院，其遗址位于成都西门外通锦桥之西北。唐武宗会昌年间（841—846）灭法，尽毁天下佛寺，成都诸寺除大慈寺外皆遭劫难，净众寺亦未能幸免。后唐宣宗重礼佛事，净众寺得以恢复，西川节度使杜惊"起净众等寺门屋"。唐末五代，净众寺屡有扩展，不仅增绘图画，又有赵廷隐等官宦权贵在此地创置禅院，其风景之幽奇享誉成都。两宋时期，寺名仍为净众，孝宗隆兴元年（1163）以后，曾一度设益州交子务于此地。明代此寺有"净因寺""竹林寺""万福寺""万佛寺"多个称谓，正德年间（1506—1521）"燹于流贼"，万历初年复建，至崇祯末"毁于献贼"。清代虽有重修，但终究未能恢复昔日盛况，逐渐没落，成为历史陈迹。

五代的净众寺除香火鼎盛外，风光秀美亦享誉成都，其中尤以"松溪"为冠。唐末著名诗人郑谷，广明元年（880）至景福二年（893）曾数次避居西蜀，称颂松溪水木明瑟。他在《西蜀净众寺松溪八韵兼寄小笔崔处士》云："松因溪得名，溪吹答松声。缭绕能穿寺，幽奇不在城。寒烟斋后散，春雨夜中平。染岸苍苔古，翘沙白鸟明。澄分僧影瘦，光彻客心清。带梵侵云响，和钟击石鸣。瀹烹新茗爽，暖泛落花轻。此景吟难尽，凭君画入京。"

一个千年造纸作坊觅踪

　　成都与交子造纸有关之地，还有一条交子街。此街位于成都东门，又名椒子街。《成都城坊古迹考》对此解释："一说街名曰'交子'，以宋代尝设交子务于此。"因而一些研究者认为，成都东门的"椒子街"可能就是当时官方印制交子的地方。

　　交子街已不存，1997年以后被均隆街兼并。按照老成都冯水木的说法，"均隆街是一条街，椒子街是另一条街。后来，均隆街就把椒子街'吃'了，两条街合成了一条街"。冯水木老人原是成都市民政局地名办的常务理事，他清楚地记得，1949年成都解放时，旧时成都留下来的有667条街、1205个茶铺。

　　如今的均隆街，也保留了一些交子元素，街面上有交子钱币艺术墙，墙体由一些雕刻着货币图案的砂石镶嵌，汇集我国历史上十七种货币图案，包括春秋战国时期燕、齐使用的刀币，秦统一六国后推行的半两钱，以及红军"赤化全川"的钱币等，而北宋时期成都十六户钱庄发起使用的交子，是艺术墙的核心内容。

　　昔日的交子街，已经被今天的交子大道所取代。

　　成都城南，新生的交子大道最东端，有一处公园叫交子公园。公园内，坐落着一座新生的博物馆——交子金融博物馆，这里是蕴藏着交子千年智慧的文化宝库。博物馆传统而时尚，在这里，可以尽情探寻到交子"裂纸为币""交行天下"的历史轨迹。

从交子到交子街，从交子街再到交子大道，历史的有序传承在成都作了无缝对接。如今，成都的交子大道两旁，高高耸立起与金融有关的建筑物，在这里形成一个小小的城市综合体，又被称为"成都金融城"。由金融城辐射开来的成都城南，也排列着一个又一个现代金融服务机构。经济形势最好的时候，这些楼群中的每一幢所输出的产值，仅税收每年都可以过亿元。也就是说，一路向南的那片区域，是成都聚力腾飞的重要发动机。

交子千年，千年交子。成都发达的金融业，回应着千年前在这里诞生的那张纸币。而交子大道尽头的交子金融博物馆，似乎就是一个指挥若定的老态龙钟的老人，默默注视着这座城市的不断变迁、升华与腾飞。

作为一座享誉世界的历史文化名城，成都肌体上的这些历史斑点，珍藏着这座城市曾经走过的路途。不仅仅是今天的成都主城区。从成都西行，不足百里，有镇名曰平乐，在那里，同样保留有原始造纸技术的遗迹。平乐古镇隶属于邛崃市，也就是秦汉时的临邛——卓文君父亲卓王孙最早冶铁发家之地，后来的邛州。自西汉时这里便形成集镇，因为商业繁荣，是为南方丝绸之路上的一个驿站，堪称真正意义上的古镇。

这里，同样是古迹斑斑。

去镇3公里，有一个芦沟造纸作坊遗址，据称最早乃南宋时建，至今留有纸坊遗址遗存数十处。我是在一个春天的周末，造访这座古遗迹的。芦沟是一个较深的沟，遍布慈竹，那是古法造纸最好的原料。沟谷内大青石遍布，青石下流水潺潺，清澈见底，这是发源于天台山玉宵峰的白沫江。漫过青石与翠绿，一片铺满青苔的石板上，承载着一幢简陋的建筑，建筑周围零星分散有水碾、木碾、石缸、水车……这些陈年古物，同样被青苔点缀。

那就是芦沟造纸作坊遗址。作坊遗址顺自然地形而建，这里水资源丰沛，空气里聚集着大量的水分子。一眼望去，复杂的水道密布，所有水道均开凿在大青石上，酷似偌大石头之上的血脉，且由地上和地下两部分组成，贯通全身。我知道，这些水是造纸最好的动力。水渠中设有沉沙池和控制水量的闸门，由红砂石板砌筑的料缸、料池与水渠相通，地下排水通道一应俱全。

冲驱推动大水磨的水道上，还专门设有小闸门，旨在以水量大小控制大水磨的转速与起止，余水则流入浸泡竹子的漂浸水池。

设计之精巧，恍若一个小型的都江堰水利工程。

碾压造纸原料用的水碾、碾压湿纸用的木碾、蒸煮竹麻用的篁锅、盛纸浆用的石缸、冲打竹麻的水车……至今仍存。一条依山而建的芦沟古道直通外界，据说这条始建于唐朝后期的古道，就是造纸原料和成品进出作坊的唯一通道。

也就是说，如果哪天还想要用古法造纸的话，这里一切准备就绪，随时可以开工。

立于遗址旁，有一处"芦沟造纸作坊遗址保护标志说明碑"，其上如是告诉人们：

芦沟造纸作坊遗址位于四川省邛崃市平乐镇同乐村（小地名张碾、青石桥）。作坊始建于明代，延续使用至民国时期。是本地区保存较好、最具代表性的造纸作坊遗址之一。

芦沟造纸作坊依山临水而建，充分利用自然环境和水利资源，其布局自然、随意，设计奇巧。该遗址保存较为完整，现存引水渠、分水渠、闸门、水车、石磨、石碾、沉沙池、料池、料缸、篁锅、晒纸场、工作房等排列有序，基本保持原有作坊造纸功能。

据史载，平乐早在宋代已是全国著名的纸市，明清亦然。芦沟造纸作坊遗址，生产规模大、延续时间长，具有一定的代表性，对我国造纸技术、造纸发展史和经济发展史的研究有着重要价值。

二〇〇七年四月六日批准公布为第四批成都市文物保护单位

宋《九域志》载："平落（今邛崃平乐）镇，濒河，水陆通道，市口繁富，纸市犹大。"《邛州志》又说："成都草纸半平乐。"当地老人告诉我，这里至今还保留着当初造纸时，冲打竹麻形成的"竹麻号子"，号子响起，方圆数里可闻。平乐镇的金华村金鸡沟、金河村杨湾、同乐村的芦沟以及花楸村的人们，都可以喊上几嗓子……民间传承的力量是巨大的，平乐的古法造纸，直到新中国成立后，才逐渐为现代造纸技术所淘汰。

词条 平乐造纸坊

位于四川省邛崃市平乐古镇旁，白沫江上的三江口畔，有古街、古桥、古榕、古堰、古码头和古作坊等，构成平乐古镇一幅独特的清明上河图。早在一千多年前的宋代时期，白沫江两岸就大量种植桑树、麻等植物用于造纸，后来逐步发展为竹麻造纸。据宋《九域志》载："平落镇，濒河，水陆通道，市口繁富，纸市犹大。"明朝时期的战乱和瘟疫，本地土人几乎灭绝，大量外省人开始移民填川，郭氏的先辈在湖广填川时，从湖北麻城县迁移到平乐白沫江边，以造纸为生。明清时，郭氏纸坊占地面积十余亩，沿江两岸有铺面、码头、篁锅、窖坑、碾坊、料坊、抄纸坊、廊纸坊等造纸作坊一百余间，成为平乐古镇造纸规模最大的造纸坊，以其独有的水陆交通有利条件，将生产出来的草纸通过茶马古道销往西北及东南各地，享有"成都草纸半平乐，郭氏造纸数第一"之称。造纸坊建于清咸丰四年（1854），建筑坐北向南，采用一米高的石柱石壁，既能防御洪水，又能抵抗强力地震，为一楼一底加一廊的三间小青瓦木结构楼房。底楼的中间是堂屋，两旁是卧室，楼上为库纸和廊纸，设计巧妙，风格独特，建筑艺术精湛，文化内涵丰富，历经百年风雨沧桑，周围的房屋几乎都被现代砖混建筑房屋代替，唯有造纸坊还保存完好。平乐造纸坊系郭氏纸坊唯一保留下来的古代造纸作坊，也是我国目前保存最古老的古代造纸坊。

中国纸张西行路线图

如果要从更为广阔的视角去追寻纸最初的足迹，我们不妨先来了解一个发生在唐代的著名战役——怛（dá）罗斯战役。对唐代历史有了解的读者，应该都会听说过这个战役。只不过其中的细节，需要专门梳理和打捞。

让我们通过这个战役，了解一张纸的西行历史。

自从先知穆罕默德创立了伊斯兰教，仅仅过了一个世纪，僻处阿拉伯半岛的几个部落就迅速扩张，建立了一个横跨亚欧非三大洲的阿拉伯帝国，向西占领了整个北非和西班牙，向东则把整个西亚和大半个中亚收入囊中，与当时的大唐王朝和欧洲查理曼帝国，呈三足鼎立之势。

穆罕默德有一条著名圣训："学问虽远在中国，亦当求之。"公元751年是回历133年，大唐在唐玄宗统治下达至鼎盛，堪称史无前例的大唐盛世。

盛极而衰，危机四伏。天宝年间，大唐逐渐在酒色权势中走向沉迷。此刻，一双鹰一样的眼睛正紧盯着大唐，它的名字叫阿拉伯帝国（这里所说的阿拉伯帝国，中国史书称之为"大食"，而欧洲则习惯将其称作"萨拉森帝国"或"哈里发国"）。历经贞观之治、永徽之治、武周政治，大唐的国势大增，想要找一个合适的对象去试试其武功。天宝十年，两个江湖上的绝世高手，就有了一决高下的冲动。就这样，由阿拉伯帝国导演的怛罗斯战役拉开了帷幕。它的对手，就是同样不可一世的大唐。

怛罗斯战役的起因，是唐安西节度使高仙芝进攻西域藩国石国（今塔什干）时，石国王子逃向阿拉伯帝国。高仙芝闻讯后，率领唐军在高原长途奔袭七百余里，最后在怛罗斯（今哈萨克斯坦塔拉兹）与向东扩展势力的阿拉伯联军遭遇，怛罗斯战役自此爆发。

唐军的"锋矢阵"几乎所向披靡。唐军在武器上最大的优势，就是拥有杀伤力巨大的唐弩。唐弩分为四种：伏远弩射程三百步，擘张弩射程二百三十步，角弓弩射程二百步，单弓弩射程百六十步。也就是说，这些层次分明的兵器，可在不同范围对阿拉伯人构成威胁。

不仅如此，围攻怛罗斯城时，为确保万无一失，唐军还使用了强大的车弩，这种"十二石"的强弩以绞车张弦开弓，所中城垒无不摧毁。

高仙芝是高句丽人，也是标准的骁勇之士，"美姿容，善骑射，勇决骁果"。在怛罗斯战役之前，高仙芝取得对吐蕃的连云堡大捷，西域葱岭诸国皆服。

无论装备、素质、士气还是将帅能力，高仙芝的唐军都达到了冷兵器时代的顶点。

正因为忌惮装备精良的唐军，高仙芝的远征军尚未到达怛罗斯时，阿拉伯人就已经摆开了战争的阵势。加之唐军在高海拔异域长途奔袭，等到兵临怛罗斯城下，以逸待劳的阿拉伯联军正严阵以待。

阿拉伯一方总兵力为十五至二十万，步兵制式武器是长矛和盾，骑兵装备为"大食宝刀"，即阿拉伯弯刀，当然也装备有弓箭，但没有射程更远的弩。高仙芝所部两万唐军中，一万骑兵，六千陌刀手，四千弩箭手。加上大唐的属国拔汉那国和葛逻禄国组成的联军，共计三万五千人。

"敌疲我打"，这正是歼灭敌人的最佳时机。阿拉伯联军因为占据主场优势和兵力优势，显得底气十足。

面对数量优势明显的阿拉伯骑兵，高仙芝没有采用惯常以陌刀为主的"锋矢阵"，而是充分发挥弩箭优势，他将弩箭手排成三排，每排一千名弩箭手。留下一千名弩箭手为预备队。当阿拉伯骑兵进入弩箭射程后，唐军的弩手开始轮流射击：第一排射毕，再由第二排射，然后是第三排；当第三排射毕，第一排弩手又已经重新上好弩箭。

如此往复，唐军一直保持着连续不断的射击。阿拉伯骑兵不断地冲上来，却总也到不了唐军跟前。虽然只隔百步之遥，但这一百步却成为无法逾越的死亡地带。阿拉伯联军先后七次进攻，均被唐军的强弓硬弩击溃。

利器在手，骄兵必败。战事从七月十八日开始，一直持续了五天，胜利的天平向唐军倾斜。直到第五天，形势发生突变，阿拉伯人花重金买通了葛逻禄部雇佣兵，激战中的唐军突然腹背受敌。作为大唐属国，葛逻禄国兵士本是助唐军作战的友军，没想到关键时刻成了阵前投敌的敌军。

这显然是致命的。葛逻禄部兵与阿拉伯联军联手，唐军的骑兵和步兵被分割包围，双方夹击，各个击破，失去保护的弩手只能束手就擒，唐军霎时大乱。

怛罗斯之役，高仙芝单骑逃脱，唐军损失惨重。两万安西精锐几乎全军覆没，阵亡和被俘各自近半，仅有千余人得以生还。

作为一场事关国家和民族命运的关键战役，《资治通鉴》对怛罗斯战役的叙述极为简略：

> 高仙芝之虏石国王也，石国王子逃诣诸胡，具告仙芝欺诱贪暴之状。诸胡皆怒，潜引大食欲共攻四镇。仙芝闻之，将蕃、汉三万众击大食，深入七百余里，至怛罗斯城，与大食遇。相持五日，葛罗禄部众叛，与大食夹攻唐军，仙芝大败，士卒死亡略尽，所余才数千人。

却说被俘的万余人中，就包括大唐各类手工匠人，其中不少是造纸工匠。

令我困惑的是，镇守西域的高仙芝，将这些造纸工匠送上战场干什么？他们是什么兵种？意义何在？或许，他们真的有什么出奇制胜的用途吧，只是我们不知道而已。

据载，战争过后这些战俘都安置在阿拔斯王朝的首都巴格达。虽然没有明确记载，但在怛罗斯战役数年后，撒马尔罕就出现了西域第一个造纸作坊。随后，巴格达也出现了造纸作坊和纸张经销商，以后逐渐扩展到大马士革、开罗，最后到达欧洲的文明中心西班牙。

真所谓"失之东隅，收之桑榆"，一场战役的失败，竟促成了纸张西行的文明之旅。卡特在其《中国印刷术的发明和它的西传》一书中也承认：

造纸之由中国所发明，是最确凿、最完全的。关于其他的发现，别的国家也许可以和中国争长，认为中国仅仅发端，有赖于西方加以发展，供人利用；但是，中国的造纸术在传播到国外时，早已经是一种发展完备的工艺了。在西历纪元的最初几世纪内，中国通用的纸，已包括各种原料：破布、苎麻、各种植物纤维和人造纤维；所用的纸，有一定尺寸的便于书写的加料纸，有各种彩色的笺纸，有书写纸，有包装纸，甚至还有擦嘴纸、便纸。八世纪中居住萨末鞬（撒马尔罕）的阿拉伯人，从掳获的中国人中，得到制造纸张的秘密，到十二、十三世纪伊斯兰教徒的摩尔人又再传给西班牙征服者。我们现在所用的纸和当时的纸，其实并没有重大的区别。即使在今日，中国在造纸方面仍继续有改进发展，像我们现在用的薄印刷纸和"韧纸"，都是十九世纪由中国传播到西方的。

浩瀚的历史中，这场冲突战只是蝴蝶扑闪了一下翅膀，却影响了中国造纸术西传的进程。

关于纸和造纸术的西传，英国历史学家韦尔斯在其《世界史纲》中，也专门有"纸是怎样解放了人类的思想的"一节，其中有这样精彩的概述：

说纸使欧洲的复兴成为可能也并非过分。纸起源于中国，在中国纸张的使用大概可以追溯到公元前二世纪。751年中国人袭击撒马尔罕的阿拉伯穆斯林，他们被打退了，被俘获的中国人中有一些熟练的造纸的人，阿拉伯人就从他们那里学会了造纸的技术。现在仍保存有九世纪以来阿拉伯纸写的手稿。造纸术或是通过希腊，或是由于基督徒收复西班牙时夺得了摩尔人的造纸作坊因而传入基督教世界的。但在基督教的西班牙人统治下，纸的产品质量可悲地降低了。直到临近十三世纪末基督教的欧洲还没有造出质量好的纸来，后来意大利在世界上领了先。只是到了十四世纪造纸业才传到德国，直到那个世纪之末纸张才丰富和便宜到足以使印刷书籍成为有利可图的事业。于是印刷业自然地和必然地接踵而来，世人的知识生活进入了一个新的和远为活泼有力的时期。它不再是从一个头脑到另一个头脑的涓涓细流，它变成了一股滔滔洪流，不久就有数以千万计的头脑加入了这一洪流。

纸和造纸术发明不久，便开始了它西传的漫长历程。

中国的造纸术是通过阿拉伯人传入欧洲的。8世纪末欧洲就已经开始使用纸，但纸和造纸术在欧洲的传播并不是一帆风顺的，纸经过了好几百年的时间，才成为普遍采用的书写材料。

纸和造纸术在欧洲的传播，14世纪是一个关键的时间节点。到14世纪末，意大利、法国、西班牙和德国南部都有了纸的生产，除了少数贵族还在使用羊皮纸，纸已经成为通行的书写材料。

从15世纪起，造纸术以德国为中心，向东西传播。到17世纪，欧洲各国通行的造纸术，大都已采用中国式的手工生产和设备了。

纸的广泛传播和普遍使用，对于欧洲科学文化的发展起到了相当大的作用。特别是对近代欧洲科学的繁荣和文化的进步，对于知识的传播和理性主义的兴起，乃至对于欧洲走出中世纪的蒙昧主义迷雾，开辟近代文明的新的历史纪元，都发挥了重要作用。

词条 怛罗斯战役

怛罗斯之战是唐朝安西都护府的军队与阿拉伯帝国和中亚诸国联军在怛罗斯相遇而导致的战役。战场在葱岭（今帕米尔高原）以北，具体位置还未完全确定。怛罗斯城得名于塔拉斯河，在今哈萨克斯坦塔拉兹市西约18公里。有学者认为怛罗斯之战的战场不在怛罗斯城，而在塔拉斯河中上游西岸的伊特莱赫（阿拉伯语），突厥人称"阿特拉赫"，在今吉尔吉斯斯坦西境普科罗夫卡。

公元6—8世纪，亚欧大陆上有三个大国正处于兴盛期，分别是拜占庭帝国、阿拉伯帝国和唐朝。怛罗斯之战发生时间在唐天宝十年（751）。会战中，葛逻禄突然叛变，导致唐军失利。这是阿拉伯帝国与大唐几次边境冲突中唯一一次打胜安西军。此战对唐朝、阿拉伯帝国双方的疆域几乎没有影响。战后，唐朝仍然控制西域，并且继续扩张。

一个传统造纸村庄的坚守

1972年，在吐鲁番阿斯塔那墓葬中，考古学家发现了若干纸质文献。其中一件文书残纸上，有汉文墨书九个字"当上典狱配纸坊驱使"，意为把犯人发配到纸坊服劳役。另一件出土的文献，是一位名叫隗显奴的"纸师"书写的，其纪元为"高昌王麴文泰重光元年"。据专家考证，这一时间与"怛罗斯战役"发生的时间高度吻合。

不难看出，早在公元8世纪初，高昌地区不仅有本地造纸业，造纸技术具有较高水平，还出现了专门管理造纸业的官员——"纸师"。

和田在新疆南部，古称于阗，以盛产和田玉闻名，是著名的玉石之乡。然而，鲜有人知的是，昔日的和田还是一个造纸之乡。当地还有一个小巷，名叫"卡卡孜库恰"，即"纸巷"之意。

和田气候炎热，适宜种植纸原料桑树。

1908年4月，英国人斯坦因在和田地区一座唐代寺庙遗址中，发现了一个记载当地纸张买卖的账本。账本中记载，唐代时新疆地区产的纸，不但用于文书，还用于印钱、制扇，进入了生活用品领域。纸张在西域这样特定的环境之下，显然比其他有机物质存世时间更长。《维吾尔医学常用草药》载，当地民间有用和田纸包伤口止血消炎的习俗，甚至还有人用和田纸做鞋底，有吸汗防臭之效。

墨玉县普恰克其镇布达村，是目前和田地区仅有的保留了传统手工造纸技艺的村庄。因手感柔嫩、韧性强、不褪色、吸水力好，墨玉桑皮纸享誉纸界，其制作技艺被评为国家级非物质文化遗产项目。布达村村子四周生长有成片的桑树，被称为"桑皮纸之乡"。

汪帆一直酷爱古纸，也一直在追寻关于纸的历史故事。当他听说浙江图书馆购得墨玉桑皮纸，是从一位叫托乎提·巴克的老人那儿后，兴趣十分浓厚，他一定要见见这个老人。托乎提·巴克老人就是墨玉桑皮纸造纸技艺的传承人，到他这一辈，已经传承了整整九代。

后来，汪帆将那些令人难忘的与纸有关的故事，写成了一本书，名字就叫《寻纸》。

造纸术在北朝至唐初传入高昌（吐鲁番地区），到了唐朝中叶沿着丝路传到了于阗。有学者认为，西域并不是纸张西传的终点。无独有偶，俄罗斯作家捷连季耶夫-卡坦斯基在其专著《从东方到西方》中，详尽地考察并介绍了纸的发明，及其从东方到西方的传播过程。他还特别介绍了怛罗斯战役之后，那些特殊的工匠们及其"纸张西行之路"的历程。这里，不妨摘录其中的一些片段：

8世纪，在怛罗斯城的战役以后，阿拉伯人占领了撒马尔罕。他们抓到的俘虏中有几名造纸工匠。占领者很快就掌握了新型书写材料的制作秘密。然后这一制作工艺便在哈里发各国推广。

12—13世纪，曾经创建了像爱尔汗布拉宫这样一些无与伦比的世界级艺术杰作的西班牙阿拉伯人，在其他一系列文化创造（其中也包括造纸）方面很有成就。后来意大利人又从西班牙阿拉伯人那里学会了造纸的技艺。

撒马尔罕的纸，即8世纪阿拉伯人早期的纸，一般而言，同13—14世纪欧洲纸的早期纸样非常接近，同时也和中央亚细亚的纸接近。

12世纪中叶撒马尔罕的纸，是一种深咖啡色的纸，很密实，表面有光泽，帘纹分明。竖帘之间的距离不匀，经常是相间3厘米，帘纹不直，有大量的细纤维质杂于其间。

有一份最古老的阿拉伯文抄本（时间注明为10—11世纪）是用一种灰白色的纸写成，这种纸稍呈浅灰色泽。纸的表面平滑，有光泽，还有明显可见的横竖帘纹；有些地方露出积淀物和透眼，这说明纸是上过浆的，大概是用某种类似浆糊的东西来进行加工。帘纹稍斜，1厘米有6条横帘。竖帘不明显。线纹交替不匀，经常是每隔2.5~3厘米交替一次。有的地方稍厚含纤维杂质，但为数不多。

西夏的纸，像撒马尔罕纸、阿拉伯纸和早期欧洲的纸一样，是用碎布为原料制作的。但从帘纹、很少上浆、上色以及尺寸来看，多数情况下它不及12世纪近东的纸。西夏的纸同吐鲁番的纸毫不相似，同敦煌的纸也很少有共同之处；然而有一段时间敦煌却在西夏国的版图之内。

尽管在整个东方纸的使用十分广泛，但直到20世纪在中央亚细亚一些国家和地区仍有时觉得纸张短缺。

16 世纪后期,纸已经在欧洲普及,欧洲人也注意到造纸术起源于中国。

葡萄牙多明我会修士加斯帕·德·克路士写过一本《中国志》的书,其中就介绍了中国的造纸情况:

这个国家不丢弃任何不管怎样破旧的东西。……他们不丢弃任何品种的破布,凡是用羊毛织成的粗细破布,他们就制成细纸。他们用树皮、根茎和破丝绸造纸,在丝绸纸上写字,余下的则用来卷在丝绸幅中。

他还提到纸在各种不同场合下的用途,例如用来盖印证明身份;又或者一张由当局签发的纸就可以封住宅门和城门。谈到节日用纸时,他说大门口扎上显赫的纸牌楼,架子上悬挂着精巧的纸糊人物、神像或彩车,用蜡烛和灯笼照明。然后他又谈到葬仪用纸,解释如何把纸画的仕女挂在绳索上以帮助死者升入天堂,并且焚烧纸画偶像和纸剪的各种花样作为献给神的祭品。

西班牙奥斯丁会修士马士·德·拉达在《记大明的中国事情》中,也特地说到中国的纸:

谈到他们的纸,他们说那是用茎的内心制成。它很薄,你不易在上面书写,因为墨要浸透。他们把墨制成小条出售,用水润湿后拿去写字。他们用小毛刷当笔用。

拉达回到欧洲时,带回了不少中国书籍。拉达带回欧洲的这批中国书籍,在纸张和印刷方面都会给欧洲人留下深刻的印象。

1581年，蒙田到罗马旅行，曾造访梵蒂冈图书馆，他看到：

一部从中国来的书，文字怪异，纸张材料比我们的柔软和透明得多；因为它容易透墨，只在一面书写，纸页都是双层的，在中间对折，叠在一起。他们认为这是用一种树皮膜做的。

与其他许多中国发明一样，中国纸经阿拉伯传到欧洲，将黑暗的欧洲带入一个文明时代。

卡坦斯基还认为，很可能，不单是西班牙的阿拉伯人向欧洲人传授了造纸技术，因为欧洲人长时间内把纸叫作"大马士革纸"。而这一名称恰好表明纸张源于东方。

中国发明的纸及造纸工艺，于公元751年传到撒马尔罕之后，逐渐西传。对此，王恩涌、李竹在《文化扩散》一文中勾勒出这样一个清晰的时间脉线：

公元794年传到巴格达；
868—905年传到埃及；
1086—1121年传到西班牙；
1276年传到意大利；
1320年传到法国；
1511年传到英国；
1690年传到美国。

从上述传播时间表不难看出，中国纸使印刷成为可能，从而催生了西方文明和现代文明。

当然，于皇皇大唐而言，区区一批工匠或许不算什么，历史地看，他们更像文明的种子，在异乡传播。但一个王朝的轰然坍塌，就是这样一点点开始的。

唐宝应元年（762），一个在怛罗斯战役中被俘的书记官，回到睽违11年之久的大唐。他叫杜环，他的族叔就是唐朝著名学者杜佑。从浩瀚的历史海洋中，历史研究者杜君立先生特别"淘"到了这一段史籍。称，杜佑在《通典》中记下了和杜环一起被俘的工匠："绫绢机杼、金银匠、画匠、汉匠起作画者，京兆人樊淑、刘泚，织络者，河东人乐寰、吕礼。"

杜环描述，当时与他一同被掳西行的两万人中，既有长安附近出身的绘画匠人，也有老家河东也就是山西的纺织工匠，根据阿拉伯文献记载，当时还有懂得如何造纸的汉人也被俘掳，带到中亚名城撒马尔罕也就是粟特人的故乡康国。有了中国工匠的指导，这座城市的造纸工业很快发展起来，所产出的纸张不仅可以供应本地需要，也成为撒马尔罕在中世纪一项重要的贸易品。中国发明的纸张也正是从怛罗斯开始它漫长的西传之路。

原来，杜环在中亚、西亚乃至地中海沿岸等阿拉伯帝国境内，游历生活了11年，成为第一个到过摩洛哥的中国人。最后由海路经广州回国，并将其游历见闻写成了一部书，叫《经行记》，这是关于伊斯兰教最早的汉字记录。

杜佑曾任唐朝节度使和宰相等职。《通典》作为中国第一部典章制度的百科全书，记录了唐朝走向崩溃的瞬间：

国家开元天宝之际……西陲青海之戍，东北天门之师，碛西怛逻斯之战，云南渡泸之役，没于异域数十万人。

怛罗斯战役后，唐朝渐渐失去了对中亚的掌握，这一霸权被阿拉伯人和葛逻禄人瓜分。随后爆发的安史之乱，使大唐永远失去了西域。

此役四十年后，吐蕃人攻克了大唐在塔里木盆地最后一个安西据点。阿拉伯帝国在胜利后不久就将都城迁到了两河流域的巴格达，阿拔斯王朝的曼苏尔微笑着说："这里有底格里斯河，可以把我们和遥远的中国联系起来。"

果真像一个多米诺骨牌的牌局，第一张牌就是怛罗斯战役，第一张牌的倒下引发出的连锁效应，令所有人始料不及。

对此，中国历史学家白寿彝评价称，这场完败成为"唐帝国在西域霸权没落的征象"。直到一千多年后的鸦片战争，怛罗斯之战仍是中国古代史上，中华文明与其他文明唯一一次大规模的军事冲突。苏联东方学家巴托尔德以"他者"的眼光判断，怛罗斯之战"在中亚历史上，无疑是意义非常重大的一次战役，因为它决定了是中国文明还是阿拉伯文明，将在这一地区占主导地位的问题"。

怛罗斯战争这一年成了唐朝的拐点，高仙芝在西域失败的同时，鲜于仲通统率的六万唐军也在云南全军覆没。白居易在《新丰折臂翁》中无不痛心地写道："皆云前后征蛮者，千万人行无一回。"

也是这一年，法兰克王国宰相矮子丕平建立了加洛林王朝，欧洲即将进入统一的查理曼帝国时代。

幸存者高仙芝的命运也很悲惨，他在潼关战役中为唐玄宗李隆基所杀。直到20世纪初，重走帕米尔高原的唐军奔袭路线，英国探险家斯坦因不禁感慨：

中国这位勇敢的将军比起汉尼拔、拿破仑和苏沃洛夫翻越阿尔卑斯山来，真不知要伟大多少倍。

或许是命中注定，高仙芝并没有成为亚历山大。

仅仅隔了4年，唐王朝的一场内乱，几乎颠覆了一个盛世大唐。吊诡的是，为了平定安史之乱，大唐竟然请来当年怛罗斯战役的对手。《旧唐书·肃宗本纪》记载得很明确，至德二年九月，"元帅广平王统朔方、安西、回纥、南蛮、大食之众二十万，东向讨贼"。两唐书《大食传》也说，大食军队会同拔汗那、回纥援兵作为精锐部队，帮助唐代宗收复两京。

怛罗斯战役对唐朝打击无疑是全方位的。但放在历史文明长河看，却促进了东西方文明的交流，加快了人类文明的进程，特别是将"纸"这个文明的载体传播开来。

表面上看，这些与纸或有关或无关的历史有些游离，但历史是一个综合体，谁又能置身事外呢？与历史有关的一切，都在以不同的方式开创未来。

只不过，"纸"在这里成了一个特殊的符号——与国运有关，与文明有关，更与人相关。

词条　桑皮纸之乡

桑皮纸的历史非常悠久，它也叫"汉皮纸"，据说最早源于汉代，是以桑树皮为原料制成，是西域最古老的纸张，号称人类造纸业的"活化石"。这种纸张具有韧性好、拉力强、吸水性强、不褪色和防虫等特点，用于书画可保存上千年不腐烂和不褪色，深受古人的喜爱。新疆和田地区墨玉县盛产桑树，当地制作和使用桑皮纸的历史久远，直到今天依旧传承着这项古老的造纸技艺，是我国名副其实的"桑皮纸之乡"。墨玉县普恰克其镇布达村，有一条长2公里的墨玉桑皮纸街道，这里聚集着10多家桑皮纸家庭作坊和桑皮纸店铺，全村有50多人掌握并从事制作桑皮纸的手艺。桑皮纸制作过程非常繁复，包括削桑树皮、浸泡、锅煮、捶捣、发酵、过滤、入模、晾晒、粗磨等9道工序，全由手工完成。桑皮纸制作技艺在2006年5月被列入首批国家级非物质文化遗产名录。

第2章 交子诞生的前夜

蜡丸书"剿灭"后蜀

乾德二年（964）十一月，大宋"侦破"了一起间谍大案，孙遇、赵彦韬和杨蠲三位来自四川后蜀的高级特务"落网"。其实，"侦破""落网"只是障眼法的幌子，他们三人是奉后蜀（五代十国时期）枢密院长官王昭远的命令，前来开封刺探军情，并携带着蜡丸书，伺机前往太原，联络北汉夹攻宋朝。

这是宋史研究专家范学辉在其专著《大宋开国》中的一段文字，类似于小说悬念的表述，极为形象地展现了后蜀的处境。蜡丸书是当时进行间谍机密活动时专用的一种书信，信通常用帛书写，外面包裹着蜡，紧急时可以藏在间谍的身体里面，不容易被发现。

赵彦韬等人奉命来到开封之后，赵彦韬亲眼看到了大宋的兴旺发达，感到后蜀没有什么前途，干脆就主动归顺了大宋。宋朝顺藤摸瓜，这才抓到了孙遇和杨蠲两个人。孙遇和杨蠲被捕之后，也立即改换门庭，做了大宋的官。

为了掩人耳目,保护他们在蜀地家属的安全,宋朝对外宣称他们三人都是被边境官兵抓获的。

赵彦韬把后蜀写给北汉的蜡丸密信,作为"见面礼"献给了宋太祖。信的大意是:后蜀愿意和北汉南北联合夹击宋朝,军队已经准备就绪,只要北汉渡河南下,蜀军就可以北上夺取关中,致宋朝于死地。宋太祖看过这封密信后,笑着说:"我早就准备征讨四川,有了这封信,我师出有名了。"

宋太祖说的是大实话。自从雪夜访赵普,定下"先南后北"的统一方略之后,四川就成为宋太祖用兵的第一个战略重点。讨伐荆、湖,一个重要的目标也是为伐蜀扫清外围,孤立后蜀,并取得江陵这个重要的水路前进基地。

乾德元年(963)四月,当湖南战事大局已定,宋太祖就把张晖调任为凤州团练使。凤州(今陕西凤县)有"川陕咽喉"之称,是从陕西入四川的战略要地。嘉陵江的上游,就流经凤州境内。张晖很早就向宋太祖建议伐蜀,他到任之后,积极地准备粮草物资,开修道路,为伐蜀建立了陆路的出发基地。

灭亡前的后蜀,领有40多个州,疆域与三国时的蜀汉大致相当,人口有53万余户,兵力达14万余众,是当时南方数一数二的大国。最为关键的,正如李白《蜀道难》诗所感慨的:"蜀道之难,难于上青天。"四川地势险要,易守难攻。北面的秦岭、大巴山山脉连绵不断,东面的巫山、武陵山山脉山势险峻,把四川隔成了一个相对独立的地理单元。

后蜀的皇帝名叫孟昶,他当皇帝已经32年了,是当时各政权中资格最老的统治者。此人治国经验丰富，为人忠厚，很得四川民众拥戴，有"天下之贤主"之美名。四川本来就号称"天府之国"，孟昶统治下的后蜀，一斗米只卖到三个铜钱。官府也府库充实，金银财宝堆积如山。特别是都城成都，花团锦簇，百业兴旺，市民生活富足。丝织业更是名闻天下，每逢节日，满城的芙蓉花都要披上绚丽多姿的五彩锦绣。正因为此，宋太祖虽然早就把四川作为重点进攻的目标，但对四川的力量不敢小看，一直是引而不发，积极筹备，寻找最佳的出兵时机。此时，荆、湖已经平定，抓到了后蜀要与北汉联合攻击大宋的证据，就有了堂堂正正出师的借口。

孙遇、赵彦韬和杨蠲三人，都是四川当地人，孙遇还是后蜀枢密院的官员，他们不仅把后蜀的山川地理、府库钱粮、军队布防的情况，都画成了地图，向宋太祖做了详细的汇报，还答应做大军的向导。

宋太祖此番伐蜀，时机终于成熟。

乾德二年（964）十一月初二，宋太祖正式下诏伐蜀。组建了西川行营，由忠武军节度使王全斌出任西川行营都部署，担当伐蜀的主帅。

宋太祖为什么要用王全斌为主帅呢？范学辉梳理历史脉络，给出了较为信服的理由：

王全斌历经从后唐到大宋五个王朝，是一个很资深的将领，打过不少胜仗，本人的军事才干毋庸置疑。但更为重要的因素，应该是他与后唐庄宗李存勖的特殊渊源。王全斌早年出身李存勖的亲兵卫士。洛阳兵变的时候,李存勖已经是山穷水尽了,但王全斌是最后仍然效忠于他的十几名勇士之一。直到李存勖中箭身亡,王全斌还把皇帝的遗体抱到了大殿上,一番恸哭之后才最终拜别。

王全斌从此就以对李存勖的忠肝义胆而名闻军中。

后蜀政权是从后唐派生出来的,孟昶的父亲、后蜀的开国皇帝孟知祥,就是李克用的侄女婿,后唐的节度使。孟昶的生母李氏,曾是李存勖的嫔妃,是李存勖赐给孟知祥的。后蜀的将相大臣,绝大多数也都有着后唐的背景,大多是北方人。

宋太祖用以效忠李存勖而著称的王全斌为伐蜀主帅,对争取他们的支持,无疑是有利的。

西川行营共统步、骑六万大军,兵分两路。北路从凤州出发,称"西川行营凤州路",沿嘉陵江南下,直指成都。王全斌兼任都部署,武信节度使、侍卫步军都指挥使崔彦进担任副都部署,枢密副使王仁赡为都监,统禁军步骑二万,各地节度使部队一万。东路从荆南的归州(今湖北秭归)出发,称"西川行营归州路",经长江三峡水路指向夔门,然后西进成都。宁江军节度使、侍卫马军都指挥使刘光义出任归州路都部署,并兼整个西川行营的副都部署,枢密承旨曹彬出任都监,统禁军和地方部队各一万。

两路大军分进合击,目标是在成都城下会师。

是年冬月初三,宋太祖在皇宫宴请王全斌等将帅,给他们壮行。宴席当中,宋太祖命人把孙遇等所绘四川地图授予王全斌,凤州路的马军都指挥使史延德是宋太祖的爱将,被任命为开路先锋。

志在必得的宋太祖对王全斌下令:"朕只要西川的土地。凡是攻下的城池,府库中所有的金银财宝,都要一律当场赏给立功的将士。"南征将士们早就对四川的富庶垂涎三尺,皇帝如此口谕传来,全军上下更是人人奋勇,士气百倍,满怀着发财的贪欲,向着四川杀奔而来。大军所过之处,烧杀抢掠,后蜀政权一败涂地,却激起了四川当地民众的激烈反抗。后面的章节里,对此将作详细讨论。

却说,后蜀皇帝孟昶听到宋军大举来犯的消息之后,针锋相对地组建了北面行营,以枢密院的长官王昭远为北面行营都统,出任抵御宋军的主帅。王昭远从来没打过仗,根本没有带兵的经验和威信,只因自幼给孟昶当跟班,侍候孟昶读书。孟昶即位之后,王昭远最得宠信,被破格晋升为枢密院的长官。孟昶的母亲李氏跟随过李存勖,是一个很有见识的人物,她劝孟昶"还是用老将高彦俦为好"。孟昶并没有将母亲的意见放在心上,铸成大错。

后蜀北面的战事首先打响。宋军攻势凶猛,先锋大将史延德能征惯战,率领麾下骑兵左右冲杀,蜀兵纷纷败下阵来。兴州(今陕西略阳)、西县(今陕西勉县)、三泉(今陕西宁强)等要地均被所向披靡的宋军一一拿下。

宋军长驱直入,与王昭远的蜀军主力遭遇。王昭远率领的蜀军三战三败,丢掉了军事重镇利州(今四川广元)后,又很快丢掉了剑门关。情急之下,孟昶只得派太子孟玄喆为元帅,统精兵万余前往增援。这位太子爷是个公子哥,哪里会用兵打仗?他以为出师征战还是游山玩水,竟然带着姬妾数十人同行。没等他抵达前线,剑门关就被宋军攻破了。孟玄喆丢下大军不管,狼狈逃回成都。

北面战场激战正酣,东面战场也同时展开。刘光义、曹彬统领的东路宋军,先是由三峡水路西进,一路上扫荡了后蜀部署在三峡上的水军,然后按宋太祖事先的安排,从陆路打破了"锁江"工事,直逼夔门。

后蜀夔门守将、宁江军节度使高彦俦是员沙场老将,战场经验较为丰富,他认为宋军远道而来,利在速战,蜀军只要坚决固守,就能挫败宋军的攻势。这无疑是个正确的思路,但夔门的监军武守谦有勇无谋,力主开城出战,他大权在握,根本不听高彦俦的指挥。

十二月二十六日,武守谦竟单独率本部迎击宋军,宋军当然求之不得,不仅大败武守谦,还乘势尾随攻入了夔门城,高彦俦拼死抵抗,最后自焚而死。

夔门和剑门两大战略门户同时失守,决定了后蜀灭亡的命运。

孟昶无力也无意再打下去了。

乾德三年(965)正月初七,孟昶派人带着降表前去和宋军联络。正月十九日,王全斌大军抵达成都,孟昶出城迎降,宋军不战而得成都,后蜀灭亡。

十几天后,东路宋军也进入成都,两路大军胜利会师。

灭后蜀,大宋共得45个州、198个县的土地。后蜀国库中堆积如山的金银财宝、丝绸绢帛,都成了宋军的战利品。

从二月开始，宋军拆毁后蜀的宫殿打造了两百多条船，专门用来把后蜀国库中的金银铜钱，经三峡水路运往江陵，然后由江陵运往开封。丝绸绢帛则由陆路运往开封。送金银的船只，前后绵延了上百里；运丝绸绢帛的，一连运了好几年才运完。

如此重大的胜利，来得却极其容易。从王全斌离开开封到取得成都，只用了短短的66天时间。这可是事先任何人都没想到的。

二月十九日，孟昶和孟氏家族离开了成都。五月，孟昶抵达开封，宋太祖举行了盛大的受降仪式。六月初五，宋太祖封孟昶为开府仪同三司、检校太师兼中书令、秦国公，这可是一个品级很高的官，太子孟玄喆为泰宁军节度使。后蜀的将相大臣，也一律封官任用，就连王昭远也得到了个官做。

封官仅仅6天之后，孟昶就去世了。几天之后，孟昶的母亲李氏也绝食身亡。

孟昶的死，按照《铁围山丛谈》等多种野史笔记的说法，与宋太祖霸占了他的爱妃花蕊夫人有关。花蕊夫人是一位才貌双全的绝色女子。孟氏进京之后，宋太祖见到花蕊夫人的美貌，就强行逼其入宫。孟昶敢怒不敢言，郁郁而终。

花蕊夫人入宫之后，很得宋太祖的宠爱，但她一直思念孟昶，曾试图毒死宋太祖为孟昶报仇。宋太祖的弟弟赵光义，在一次宴会的时候，就一箭射死了花蕊夫人。

野史笔记的说法，自然无法全信，但也绝不会是空穴来风。毕竟《铁围山丛谈》的作者蔡絛是宰相蔡京的儿子，时常出入皇宫，知道很多皇家的内幕与掌故。

"玉颜自古关兴废"，英雄难过美人关。宋太祖霸占了花蕊夫人，上行则下效，本来就在成都胡作非为的宋军官兵，更加公开地奸淫掳掠，无恶不作，终于激起了四川民众的群起反抗。

  一场又一场极其血腥的恶战，在古蜀大地上拉开帷幕。宋军没有想到的是，蜀地百姓的战斗力与爆发力，比后蜀朝廷难对付多了。

| 词条 后蜀 | 五代十国之一。公元 925 年孟知祥为后唐成都尹、西川节度使，933 年受后唐封为蜀王，次年称帝，建都成都，国号"蜀"，史称"后蜀"。疆域有今四川、重庆和陕西南部、甘肃东南部、湖北西部。965 年为北宋所灭。共历二主，三十三年。

治蜀难比蜀道难,更难

"苍天已死,黄天当立,岁在甲子,天下大吉。"中国漫长的历史长卷中,很大部分是由农民起义书写的。纵览中国历史周期率,农民起义是一个重要的标识——如果农民起义频发,朝代更替的时日就为时不远了。也即是说,农民起义往往发生在一个朝代的末期,起着改朝换代催化剂的作用。

刚刚坐上龙椅的宋太祖赵匡胤本来心情大好,他正雄心勃勃欲开启一个新的盛世。然而,从西南的成都传来消息,又有起义爆发了。这给他理想中的"太平盛世"蒙上了一层浓郁的阴影,他的心情很是不好——当初唐皇两度幸蜀,难道蜀地就只认得大唐江山了?

宋朝当然无法走出封建王朝历史周期率的怪圈,但他们万万没想到的是,这厄运来得如此之快——处于青春期的大宋,才刚刚诞生30余年。

公元960年,身为禁军统帅的赵匡胤通过陈桥兵变黄袍加身,摇身一变成了皇帝。我们现在看宋人的著述,会觉得他是"堂堂大宋"的开国君主。事实上,赵匡胤初登帝位的时候,这个王朝究竟能够延续多长时间,很多人都不自信。此前,已经走马灯似的过去了十四个皇帝,那些开国皇帝大多也是禁军统帅出身，人们有什么理由相信，你赵匡胤能够把王朝巩固下来？当时还有不少官吏和士人旁观，以为宋不过是五代之后短命的第六代。这样的时代大背景之下，人心思变，就不足为奇了。

北宋初年，发生在成都地区的王小波、李顺起义，与之前的农民起义完全不同的是，他们第一次喊出了"均贫富"的口号——面对大宋初期的这个特殊的"投名状"，无疑给赵氏家族以沉重迎击，更给后来的赵氏皇族深入骨髓的认识——治蜀难比蜀道难，更难。

蜀地，是大宋立足之初的火药桶。

其实，早在王小波、李顺起义之前，蜀地这块令人头痛的版图之上，就已经有过一次让宋朝头痛的起义了。率领起义的头领名叫全师雄。全师雄系后蜀政权孟昶的旧臣，官至文州刺史。后蜀被北宋灭亡后，全师雄没有选择余地，只能屈从新朝，成为大宋江山下的一只蝼蚁。

他遵命带领家属，赴京师开封拜谒新朝皇上宋太祖。事不凑巧，当全师雄一家路过绵州（今四川绵阳）时，遇到蜀兵哗变。原来，宋朝接管四川之后，诏令蜀兵赴阙（指入朝觐见），到京城的，每人给钱十千，不走的，加发两个月廪食。朝廷在开封，负责处理此事的大宋忠武军节度使王全斌，对蜀人本来就心存偏见，因而擅自克扣相关费用，引发蜀兵愤怨。

那些兵士行至绵州时，便"劫属县以叛"。

要知道，此时聚集绵州的后蜀兵士多达10万。可以说，这些本来已经亡国的兵士，就是一枚枚随时可以引爆的火药桶，稍有不慎，后果难测。

早在一个月前,也就是北宋乾德三年(965)二月,与绵州相距不远的梓州(今四川三台)就已经发生过叛乱,后蜀军校上官进"啸聚亡命千余众,劫村民数万,夜攻州城",好不容易被北宋新任知州冯瓒给镇压了下去。作为宋朝奉命征蜀的最高军事长官,王全斌以为大宋江山乾坤已定,这些"亡国徒"成不了什么大事,所以根本没放在眼里,更没放在心上。

却说全师雄见状,知道事情不好,他急忙将同行的家眷及族人"匿藏民舍",但他还是被蜀兵们看到了,作为后蜀将领,面前都是一起出生入死的兄弟,全师雄遂被"蜀兵推以为帅"。

听说10万蜀兵"反了",王全斌知道有了麻烦,于是派都监米光绪招抚叛军。

其实,此时全师雄率领10万蜀兵的"反",也不是真的要"反",只是被逼无奈,为了体面生存,争取一些尊严的筹码而已。后蜀已经亡了,大宋江山已定……"反"的成本极大,前路渺茫,基本上等于自取灭亡。

或许米光绪也看到了这一点。无法无天的他,竟然搜出了全师雄的家眷及族人,他是想杀鸡给猴看——遂以"反贼"的名义尽数杀戮,又没收全师雄的财产,强占其爱女。

"尽灭师雄之族,纳其爱女及橐装。"是可忍,孰不可忍?此时,置之死地宁可玉碎的全师雄,军人的血性告诉他,自己已退无可退,只有抱起"十万干柴",点燃后怒向大宋军的火药桶投去,玉石俱焚。

这情形,很像明末的吴三桂。李自成进京后,身处山海关韬光养晦的吴三桂,本有意投靠李闯王的,但当得知自己在京城的亲人被杀、爱妾被霸占后,便"冲冠一怒为红颜",瞬间成了李自成不共戴天的死对头。

全师雄自号"兴蜀大王",分别在成都四周扎牢口袋,牢牢据守灌口、导江、郫、新繁、青城等县。又建立幕府,设置官员,任命节帅20多人,企图找到某种"自立的机会"。压抑已久的蜀地百姓似乎同样看到了机会。顷刻之间,成都十县起兵响应,邛、蜀、眉、简、雅、嘉、东川、果、遂、渝、合、资、昌、普、戎、荣、陵十七州皆起兵反宋,很快便形成了"蜀地群盗蜂起"的反宋高潮。

星星之火,瞬间燎原。"邮传不通者月余"。王全斌恐慌了。

此刻,成都城内尚有近3万后蜀降兵,尚未遣赴开封。这又是一堆干柴。惊恐之余,王全斌一不做二不休,竟将这些已经解甲的后蜀兵悉数杀戮。理由是怕他们响应师雄反宋。

王全斌在错误的路上一路狂奔,更加激起了蜀中群众的愤怒与反抗。

相对于大宋这个汪洋大海而言,全师雄似一叶孤舟,很难翻起大浪。大宋的天下,他毕竟孤掌难鸣。一年过后,全师雄病死于成都郊地金堂县境内,所部全被宋军镇压。

谁言"十四万人齐解甲,更无一个是男儿"?我以为,他们算得上一群真正的男人。今天看到这些遗传下来的史料,心情依然难以平静,且佩服这些有血性的蜀地男儿。

北宋平蜀,后蜀中央和地方官属,均被押解或调至京师,另行安置。皇帝孟昶死因不明,太后绝食而卒,下场悲惨。

北宋学者邵伯温很是有心,特地留下一本《邵氏闻见录》,这本笔记作品记录了一些珍贵的历史细节,称,孟昶治蜀有恩,国人哭送,至犍为别去,因号"蜀王滩",并云,孟昶舟过省州湖,"一官嫔有孕,昶出走时祝曰:若生子,孟氏尚存也。后果生子……"这些俚语传闻,无不反映出蜀人对孟蜀王朝的旧情。

有这样的情愫也可理解。五代十国乱世中,蜀地可谓独善其身,在孟氏后蜀小王朝的治理下,蜀地如世外桃源一般,百姓安居乐业,社会欣欣向荣。

邵伯温形容,留在蜀中的亡国臣民,有如丧家之犬,惶恐难终日。

宋师的暴行,"蜀人苦之"。蜀中的官僚地主为了保全身家性命,被迫将其财产土地,或贿赂平蜀将领,或捐献官府和寺院。蜀人苏洵在其《族谱后录》中称:"时蜀新破,其达官争弃田宅以入觐。"

百姓怀旧,是因为对新政失望。他们不在乎谁入朝为主,前后两相比较,每个人心里都有一杆秤。"兴蜀大王"全师雄的蜀兵被镇压后,蜀中这一池春水表面看上去波澜不惊,实则却暗流涌动。各种反宋势力蓄势待发,只待时机。

国家初定,百废待兴。宋太祖赵匡胤并没有从"全师雄事件"中吸取教训,或许,蜀地天高皇帝远,赵匡胤也无法知晓事件的真相,只能单纯以业绩论英雄,认定"只要能打赢,便犒赏三军"。至于如何打赢的,投入了多少成本,收复地的百姓拥护与否,那都是"下一步的事"。

北宋初期的宋军,可谓一支依然保留着五代骄兵悍将恶习之师,这些骄兵进占蜀地时,恃功骄志,胡作非为。《成都通史》载,除从东边峡路入蜀的曹彬一部军纪严整,"秋毫不犯""军政不扰",其他部队无不以任意抢掠为能事。如王全斌、王仁赡、崔彦进等,"破蜀时豪夺子女玉帛",甚至"擅发府库、隐没货财"。纵容部下"掠子女，夺财货"，以至有军校在街市持刀抢劫商人财物，甚至残忍地"割民妻乳而杀之"。

全师雄领导的蜀兵反宋斗争，虽然只是一个局部事件，但还是给大宋王朝以沉重打击。王侯将相们从蜀地百姓的激烈反应中，肯定读懂了"水可载舟，亦可覆舟"的哲理。

乾德五年（967），宋太祖赵匡胤召在蜀诸将还朝，审查王全斌、王仁赡、崔彦进等"克削兵士装钱，杀降致寇"之罪，查获"凡所取受隐没，共为钱六十四万四千八百余贯，而蜀宫珍宝及外府他藏不着籍者，又不与焉"，并"令御史台集百官于朝堂，议全斌等罪"。

赎货杀降的王全斌、崔彦进、王仁赡等虽是平蜀功臣，但贪没了大量金银财宝，实行了残酷的镇压，故而相继贬官降罪。唯平蜀大将曹彬和随军转运使沈义伦得到晋升。他们一个清廉谨饬、不自矜伐，一个独居佛寺蔬食、拒绝收受孟蜀降臣贿赂。

常人眼里，虽然"王全斌们"罄竹难书，但对于夺得江山社稷的大宋而言，能做到如此已经相当不易了。要知道，数百年后李闯王的部队进城后，更是如狼似虎一般。

也难怪，历史上有几支封建军队的秉性不是这样？

略让人欣慰的是，自此以后，宋朝更加注重整顿吏治。据载，宋太祖"自王全斌平蜀多杀人，上每恨之"。由此，严惩赃吏也成为宋初施政的一条戒律。

有了平蜀的教训，宋以后讨南汉，平江南，征北汉，吴越纳土，未再蹈覆辙。特别是在削平各个割据政权的过程中，更是严禁诸将杀降掳掠。当然，这是后话。

不过，从北宋平蜀开始，到后来王小波、李顺起义的爆发，宋朝对蜀地的政策，更多的是掠夺——有组织有计划的掠夺。这一"国策"的来龙去脉，将在接下来的章节详解。

平蜀之后，宋朝派往蜀中的官员大多"颇尚苛察，民有犯法者，虽细罪不能容，又禁民游宴行乐"，更引起蜀中士大夫的不满。这些士大夫们以消极方式反抗当局——不乐仕进，不求功名，淡于利禄，更无心科考。《宋登科记考》载，宋太祖一朝，四川有3人登科，占全国总登科人数的0.59%；太宗一朝，四川有53人登科，占全国总登科人数的0.87%；真宗一朝，四川有55人登科，占全国总登科人数的0.63%。

一旦丧失了士人阶层的强力支持，宋初蜀地政治不稳定的局面，便成为当然。

情商普遍比较高的北宋皇帝们肯定也感受到了这一点，从他们以后执政的思路也不难看出，由于大宋朝廷成立时的"第一桶金"，基本上是以某种"不得不强取"的方式在蜀地掠夺的，在这样的愧疚心理左右下，他们也想以一种体面的方式，努力地去找补过去的遗憾。

宋"皆秋取解，冬集礼部，春考试"，故解试又被称为"秋赋""秋贡"或"秋闱"等。北宋时期，解试时间多有变化，最后定于八月五日，而对距离京师较远的蜀地，提前到六月。这就为蜀地举子进京参加省试提供了充裕的时间。省试之前，礼部要对解试合格的举子进行一系列的资格审查，比如缴纳解状和家状等文卷等。经礼部审查合格的举子才能参加礼部省试。朝廷最初要求超出期限投纳的家状不得接受，但在庆历二年（1042）正月初七，诏："川、广合该解发及诸处免解举人，虑地远到阙稽迟，令贡院，如未引试日前续次到者，并收试。"也就是说，引试（正式考试）日前都可以缴纳解状，这无疑是对川籍等偏远地区举子的照顾。

为了更多地发现蜀地英才，朝廷还特别为路程遥远的蜀地举子提供应考资费。对此，徐积在《节孝集》中，有过比较详细的描述：

西川举人多是徒步，或自提契，或十数人共雇一仆役。其甚者破产业而未及至半路，或滞霖潦，或不幸而有疾病，故有不得应举而归者。虽应得一举亦受尽艰险。

可以想象，每一个应试之士都会有一个曲折而艰辛的应考故事。这就为朝廷帮助蜀地举子赴京赶考提供资费，找到极好的理由。王栐在《燕翼诒谋录》也提到：

开宝二年十月丁亥，诏，西川山南荆湖等道，所荐举人，并给来往公券。令枢密院定例施行。盖自初起程以至还乡，费皆给于公家。

自此，整个两宋时期，朝廷都给蜀地举子发放馆券，由官府供给沿途食宿费用。

对于富裕的北宋朝廷而言，这笔钱肯定不足挂齿（相信对任何一个朝廷而言，都是如此），就看皇帝有没有这个"心"——这一点十分重要。何况士人群体正是社会的中坚力量，只要他们能感受到朝廷的温暖，朝廷所收到的回报，是几何数倍增的——这种"四两拨千斤"的效果，最终受益的，还是朝廷。

朝廷的鼓励政策立竿见影，蜀地士子中掀起了科举入仕热潮。据《宋登科记考》、嘉庆《四川通志》等记载，从仁宗朝开始，蜀地登科人数猛增。《北宋四川科举人才地域分布及原因探析》一文也有统计，至北宋末年的徽宗时期，蜀地登科人数570人，占全国总登科人数的8.59%。同时，为了鼓励蜀中士人参加科举考试，朝廷分别于大中祥符七年（1014）、天禧四年（1020）、天圣七年（1029）、嘉祐五年（1060）下诏增加蜀地解额数量，以提高录取率。

直到南宋高宗时期，川峡四路的蜀地士子仍享受考试政策的颇多照顾。如考试时间上，蜀地实行春季解试。为了蜀地学子，朝廷还多次推迟殿试时间。《宋史·选举志二》载：

旧蜀士赴廷试不及者，皆赐同进士出身。帝（宋高宗）念其中有俊秀能取高第者，不宜例置下列，至是，遂谕都省宽展试期以待之。

建炎三年（1129），因类省试舞弊现象严重，"罢诸道类省试"。但在建炎四年（1130），"复川、陕试如故"。绍兴二年（1132），因皇帝曾封蜀国公，"蜀州举人以帝登极恩，径赴类省试，自是为例"。从此，蜀地类省试成为定例。同时，蜀地类省试合格者受到朝廷的优待。

据《宋史·选举志二》记载，期初，蜀地类省试第一名与殿试第三名相当，赐进士及第。类省试减少了蜀地举子长途跋涉进京赶考的舟车劳顿。自此，蜀地举子较少到京参加殿试，同样也能得到好的名次，如此一来，大大提高了蜀地举子参加科举考试的热情。据《宋会要辑稿·选举一六》载，南宋孝宗淳熙年间，礼部奏言："闻四川诸州赴试举人最多去处，至有四五千人，最少处亦不下千余人。"而"淳熙四年，简州解发就试终场一千二百二人，止取六名"，录取率仅有0.5%。虽成都、潼川两路登第人数较多，但到绍熙五年（1194），为了平衡各州解额数量，下诏：

> 成都、潼川两路转运司解额，各与存留二十名，余额令四川制置司、成都潼川转运司取会诸州解额及终场人数，参酌多寡分拨，取令均平。

科考竞争的激烈程度越来越白热化，四川博物院副研究馆员张琴曾以四川独有的省油灯为独特视角，描写蜀地举子挑灯夜读的状况。并认为"四川特有的省油灯，以其经济省油、设计合理的优势，顺理成章地成为宋代蜀地举子的书斋伴读之物"。可以说，蜀地举子们每一个熬夜苦读的晚上，都有一盏省油灯在陪伴与见证。

宋朝灭后蜀。平蜀的宋军将士居功骄恣，将领们私开府库，侵吞财宝，军校掠夺子女、抢夺钱物。恣意妄为，引起原后蜀军民怨忿。乾德三年（965）正月，后蜀亡。二月，梓州（今四川三台县）发生原后蜀将领上官进率领三千多军队夜攻州城之事，后被镇压。三月，后蜀降宋的军队在被迁往首都开封（今属河南）的途中，途经绵州（今四川绵阳）时又起兵反宋，推举原后蜀文州（今甘肃文县）刺史全师雄为帅，很快发展到十余万人，进攻绵州之战虽失败，但很快即攻占彭州（今四川彭州市），并一再击败宋军，两川州县纷纷起兵响应，全师雄自称兴蜀大王，署置官吏。同年七月，全师雄连败于新繁（今成都市新都西）、郫县（今成都市郫都区），退守灌口寨（今都江堰市）。次年六月，宋军攻占灌口，全师雄退保金堂（今成都市金堂县），同年秋，全师雄病死后，谢行本继续领导兵变部队进行抗击，退往铜山（今四川中江县），不久，为宋将康延泽所破，这次反宋的兵变终于失败。乾德五年（967）初，宋太祖虽将激起兵变的主要将领王全斌、王仁赡、崔彦进等，剥夺军权降职闲居，但川蜀的各种社会矛盾并未因此而缓和。

词条　全师雄兵变

下民易虐，上天难欺

话题还是回到宋初的四川轨道上来。

面对蜀地的强烈反弹，宋初的朝廷也只能硬着头皮实施强硬政策，企图让蜀人屈服。大略看来，太祖平定后蜀之后，实施了以下三大政策：

军事上，诏发蜀兵赴阙（即调到京都开封，化整为零，统一征召）；

经济上，将蜀中府库财物，尽送京师；

政治上，令后蜀皇帝孟昶和后蜀中央及地方官员，皆挈族归朝。

北宋"去后蜀化"的心态可以理解，毕竟"一朝天子一朝臣"，但性子太急，走得太快，难免会引起民众情绪。中国历朝的权力都是属于胜利者的，但如果全然不考虑民众的感受，就一定会出问题的。中国民间有句俗语："光脚的不怕穿鞋的"。很多百姓潜意识里，他们反正已经是社会最底层的人了，你再行进逼，他们还有什么可怕的！

或许正因为不太了解蜀地特殊的地理与文化，北宋朝廷一直没能停下对"天府之国"掠夺的脚步。因为大宋"先取西川"的战略，本身就是看中了这里的富庶。宋太祖这一赤裸裸的战略，被记入《宋朝事实类苑》中的《祖宗圣训·太祖皇帝》中。一次，宋太祖对其弟赵光义（后来的宋太宗）十分直白地说：

> 中国自五代以来，兵连祸结，帑廪虚竭，必先取西川，次及荆、广、江南，则国用富饶矣。

"必先取西川。"宋太祖说得很明白，最先攻取蜀地的目的，就是这里的财富，拿下蜀地的财富之后，方可有实力有精力去征服荆、广、江南等广大地区。

自古云，君子爱财，取之有道。而君王爱财，却道亦无道——天下都是他的，他想怎么取就怎么取。

为了赵氏家族的统一战争，宋朝固执地把蜀地作为重要财源基地。有了宋太祖这一"本能"的战略思维，蜀地的好日子当然到头了。宋人彭百川在其著作《太平治迹统类》中，留下了这样的文字供我们咀嚼：

> 蜀土富饶，丝绵罗绮甲于天下。孟氏割据，府库充溢。及王师平蜀，其重货铜布，载自三峡，轻货绞縠，即设传置，发卒负担。每四十卒为一纲，号为日进。不数年，孟氏所储，悉归内府。

不难看出，北宋平蜀后，朝廷公开地大规模地搬运蜀地财产到京师。"孟氏所储，悉归内府"八字，表现了新朝的贪婪。

大厦初定，就显得迫不及待，很多时候甚至吃相难看，是想搬空一个安逸、富足的蜀地？

起初，朝廷搬运的，是"看得见"的富饶。之后，朝廷又向"看不见"的富饶动刀。宋朝在蜀地置"博买务""市买院""织造院"等机构,对一些重要商品,诸如匹帛、丝绵、绸缎进行专卖后,进而榷盐酤酒,禁民私酿,蜀地各阶层民众的经济根基,受到了根本性的打击。

可以说,北宋初年的蜀地,已经成了朝廷源源不断的"提款机"。

这一切,直观地体现在当时的货币上。史载,后蜀时期,广政中始铸铁钱,"每铁钱一千兼以铜钱四百。凡银一两直钱千七百,绢一匹直钱千二百,而铁工精好殆与铜钱等"。入宋以后,大量滥铸铁钱,"益买金银装发,颇失制裁,物价增长,寻又禁铜钱入川界",致使铁钱贬值,"铁钱十乃直铜钱一"。如此一来,蜀中铜钱竭乏,物价飞涨。接下来的一章,将详细分析四川铁钱的前世今生,在此不再赘述。

北宋人为地将铜钱运出川界,造成铁钱大幅度贬值,金融混乱,人心不安。

太平兴国四年(979)始开其禁,令民输租及榷利,每铁钱十纳铜钱一。"时铜钱已竭,民甚苦之。"商贾争以铜钱入川界,与民互市。"每铜钱一,得铁钱十又四。"

为了平复民怨,官府又决定用铁钱收购蜀地境内少数民族的铜,再次恢复铸造铜钱。

民输租当纳钱者,十分中只输一分铜钱,其余许输银及绢暂代,以后每年递增一分,十年乃全纳铜钱。(《宋史·食货志》)

铜难得,复铸铜钱成为泡影。据《续资治通鉴》和《太平治迹统类》载,朝廷派出的钦差,多次报告蜀地官吏触目惊心的不法之举。先后受到惩治者有百人之多，表面上，什么问题都没查出来的，只有彭山县令齐元振。朝廷还以他为守法廉政的榜样大肆宣传。只不过，齐元振手段比较隐秘。当王小波、李顺率众揭竿而起后，拿齐元振祭旗时（齐元振是王小波起义后，诛杀的第一个北宋基层官员），才发现齐同样是一个盘剥百姓尤甚的贪官。

而真正点燃导火索将矛盾彻底激化的，是聂咏、范祥二人。他们当时官职，分别是转运副使和转运判官。《宋史》载，谈及百姓对铜钱铁钱的态度时，两人竟然上疏："民乐输铜钱，请岁递增一分，后十岁则全取铜钱。"这些地方官僚为了谋求私利，谎报朝廷说，四川民众喜欢用铜钱的形式缴纳税款，于是朝廷继续让蜀民交纳铜钱。这些官僚之所以睁着眼睛说瞎话，是因为这么做可以进一步哄抬铜钱的价格，他们自己从大宋官府拿到的官俸是铜钱，所以他们趁此机会，把铜钱以溢价百分之三十的高价卖给民众，从中大赚。对此，《宋史》说得直白："咏、祥等因以月俸所得铜钱市与民，厚取其直，于是增及三分。民益以为苦。"（《宋史》卷180《食货志下二·钱币》）

宋廷对四川地区执行赋税政策初期，铜铁钱交纳比例为1：10，可在聂咏和范祥的请求后达到3：10。当时四川境内的铜钱已近乎枯竭，这种规定给纳税者带来了很大的困难。是谓"民益以为苦"，却给商人和官僚们以可乘之机。商人从外地向四川地区输铜钱，官僚们也利用颁布俸禄铜钱，提高铜钱的兑换比价，以至14个铁钱才可换到1个铜钱。

如果将铜钱、铁钱1：14的兑换比例，建立简单模型，假设宋朝每年每人的税收是100元，第一年民众实交230元，第二年民众实交360元，第三年民众实交490元。以此类推，到第十年民众实交 1400 元。也即是说,朝廷收到的永远只有 100 元,翻了 14 倍的巨额税赋,均被聂咏和范祥等不法官僚悉数瓜分。

天高皇帝远。此间,贪得无厌的地方官们,利用皇帝对蜀地金融信息了解的匮乏,大肆操纵货币汇率敛财。特别是聂咏、范祥等人,在铜钱换铁钱中赚取差价,暴得巨利,还乘机将自己"月俸所得铜钱市与民,厚取其直,于是增及三分"。

史书上虽然将聂咏、范祥两人定为首恶,但参与者远不止于此。以至于"民萧然益苦之",他们打起了与铜有关的一切东西的主意,比如剜剔铜佛像,毁铜器具,甚至盗发古冢……官吏所逼,更加激起蜀地百姓的强烈不满。

偏远的蜀地官吏敲骨吸髓,肆无忌惮,蜀地的捐杂税比其他地方繁重,人民不堪重负,尤其是处于底层的"旁户"。从经济关系上讲,旁户相当于佃农。他们除了向地主缴租,还要承担沉重的税赋。宋代四川的主户所承担的赋税包括,正税——两税(地税和户税或夏税和秋税);附加税,如头子钱、义仓税、勘合钱、屋税、和买、和籴、预借等,名目繁多。因而大多只能在生存线上苦苦挣扎——他们别无出路,他们也别无退路。

宋朝是有清官的,益州知州辛仲甫就直接将蜀地的这些情况面呈宋太宗赵炅,内臣吴承勋奉旨负责调查此案。结果如何?《宋史》记载:"集诸县令、佐问之,多潜持两端,莫敢正言。"虽然整个蜀地官吏上下隐瞒,但辛仲甫还是全力协助钦差,最终查清了真相。

聂咏、范祥二人,终被下了诏狱。

已经来不及了。水可载舟,亦可覆舟。矛盾被彻底激化,于是就诞生了王小波、李顺这样朝廷眼里的"刁民",他们把蜀地搅得天翻地覆，以至受到极大刺激的宋朝第二位皇帝宋太宗，颁布《戒石铭》要各地官员自省。其中有这样几句，后来成为警世恒言、官场箴规：

尔俸尔禄，民脂民膏，下民易虐，上天难欺。

严格说来，经济较为宽松时这些人或许能活下去，可只要大环境稍有风吹草动，旁户们是没有抗风险能力的。以上大概就是宋朝接手蜀地时的大致情况，隐患重重、人心不稳。不管怎么说蜀地的基本盘还是好的，孟氏统治了30余年很稳定，宋朝只要不折腾，自然也不会出问题。

很可惜，无论宋太祖还是宋太宗，都不是传统意义上的守成君主——"折腾"，是他们骨子里不断躁动的关键词。

词条 后蜀孟昶

孟昶（919—965），字保元，初名仁赞，后更名昶。高祖孟知祥第三子，五代十国后蜀末代皇帝。明德元年（934），孟昶被任命为东川使节，后孟知祥遇疾，立其为太子。同年7月，孟昶即帝位。明德五年（938），改元广政。广政十年（947），契丹灭晋，晋雄武军节度使何建以秦、成、阶三州求附。其后，又遣军攻取凤州。至此，尽有前蜀故地，得以偏安。广政十一年（948），杀丞相张业。孟昶始亲政。即位初年，励精图治，衣着朴素，兴修水利，注重农桑，实行"与民休息"政策，使得后蜀国势强盛，北线疆土扩张到长安。但在位后期，沉湎酒色，不思国政。此后，国势渐衰。广政十八年（955），周世宗伐蜀，前取四州尽入周境。广政二十七年（964），北宋伐蜀。广政二十八年（965），孟昶奉表出降，后蜀亡。孟昶被俘至开封，封秦国公。不久即逝，年47岁。孟昶死后，赵匡胤辍朝五日，素服发丧，又赐布帛千匹，并为其加谥，追封楚王，谥恭孝。以王侯之礼将其葬于洛阳邙山。孟昶喜好文学和艺术，常与词人唱和，对花间派发展有贡献。同时对躲避战乱入蜀及蜀中的画家较为眷顾，在位时西蜀画坛名家辈出。广政十三年（950）九月，孟昶下令在成都城上种植芙蓉，并以帷幕遮护，盛开时，一望如同锦绣，成都由此被称为芙蓉城（或蓉城）。孟昶组织百姓发展农桑纺织事业，刻石经，兴学校。在其统治期间，四川经济文化得到发展，在五代十国处于领先地位。

"蜀茶尽榷"惹的祸?

《成都通史》载,北宋初期,四川地区的"大土地所有制"特别突出。这里所说的"大土地所有制",应当指一批官僚富豪阶层,他们聚集着大量社会财富,其中最为重要的,就是百姓赖以生存的土地。

须特别交代的是,有宋一代,全国的户籍主要分为主户和客户两大类,主户是指有资产的(主要指田产),客户则是没有资产的。只要是直接向政府纳税,哪怕穷得只交一文钱,也是主户。相反,只要自己没有不动产,佃人之田,居人之地,即便脱贫致富也是客户。据说北宋客户最多的时候,竟占到全国总户数的百分之四十。

他们在哪里呢?在庄园。

宋代的经济形态不同于汉唐,对于民间的思想文化、经济发展和社会生活,几乎很少干涉,往往听其自然。体现在城市层面,就是市井;表现在农村层面,就是庄园。庄园多半是买下来的,也有开荒开出来的。但无论哪种方式,政府都承认其合法性,甚至鼓励。也就是说,只要有力就能垦荒,只要有钱就能买地。开垦多少,购买多少,政府都不管。庄客开了荒,买了地,要自立门户,也没问题。

北宋初期，川峡地区客户（即佃户，包括前述的旁户）比例是全国最高的。据历史学家贾大泉《宋代四川经济述论》中的统计，在今川渝境内成都府路客户占总户数的30%，梓州路占47%，利州路占50%，夔州路占74%。在盆地丘陵区和四周山区的某些州县，客户占总户数的比例高达80%~90%。

尤其是岷江流域、长江南岸和川东北山区等客户比例特大的地区，还存在一些"旁户"。他们"素役属豪民"，毫无独立人格身份，没有人身自由，更没有任何话语权。"皆相承数世"，世代为奴，"使之如奴隶"。本应由地主承担的"粮庸调敛"，一切赋役都转嫁到他们身上。

这些人生活与生命都十分脆弱，每遇水旱灾荒，就只有"饿殍相望"。

《宋史》中有记载的宋代四川地区饥荒共28次，在宋代180多次饥荒中约占16%，在两宋320年历史长河中，平均11年就有一次饥荒发生。从饥荒发生的范围来看，川峡四路均有饥荒记载。其中，利州路17次，最多；益州路和梓州路各13次；夔州路9次，最少。而益州治所成都却只有3次饥荒记载，说明其所处的成都平原在宋代能满足人们的衣食之需，少有饥荒发生。从饥荒的严重程度上看，宝元二年、绍兴五年、绍兴六年、隆兴元年、乾道四年、淳熙九年、绍熙三年、嘉定十年等八次最为严重，表现出范围广、饥民多、危害大等特点。尤其是乾道四年"盗延八郡，汉饥民至九万余"，淳熙九年"流徙者数千人"，绍熙三年"殍死者众，民流成都府至千余人，威远县弃儿且六百人"，嘉定十年"殍死殆万余人"等四次特别突出。

北宋初年的川峡地区，形成了一道奇特的景观，正如后来官至北宋宰相的苏辙所指出的,"聚而为盗贼,散而为大乱"。

"贼"与"乱",在北宋平蜀后的28年间,很快便形成了规模:

淳化二年(991),以任诱为首的起义军攻打昌州(今重庆大足)、合州(今重庆合川);

淳化三年(992),荣州(今四川荣县)、戎州(今四川宜宾)、资州(今四川资中)、富顺监一带,又相继发生农民起义;

淳化四年(993),遍及川渝的王小波、李顺领导的农民起义爆发。

这次农民起义的导火线,则是臭名昭著的"禁榷"政策。因为蜀地盛产布帛和茶叶,众多茶农、纺织户、茶贩、布贩以此为生,朝廷见有利可图,便在这里设"博买务",实行布帛、茶叶由政府专卖,并以此低价收购、高价转卖。不仅如此,官府还在这里设关置寨,驻军把守,禁止汉人与少数民族私相贸易,甚至封山塞路,断绝往来。

这样一来,大量以生产、贩卖布帛茶叶为生的百姓破产。他们但求侥幸,冒法犯禁,贩卖私茶,以图活命。因而这一带禁止私茶与贩卖私茶的斗争,一直相当激烈,使得永康军(即王小波、李顺农民起义所在地区)成为北宋初期社会矛盾特别尖锐和最不稳定的地区。

四川盛产茶叶。

> 蜀之产茶凡八处:雅山之蒙顶,蜀州之味江,邛州之火井,嘉州之中峰,彭州之堋口,汉州之杨村,绵州之兽目,利州之罗村。然蒙顶为佳也。(范镇《东斋记事》)

王小波、李顺是永康军青城县（今都江堰市）味江人，味江是青城山东侧的一条小河。王小波的家乡是川峡地区的8个茶马交易场之一，这里有很多茶农，他们自种、自运、自销，既是茶叶的生产者，又是茶叶的运输者，也是茶叶的经营者。

成都府路永康军青城县一带，"人户以种茶为生"，"自来以采茶为业"。茶马贸易体制之下，这里的百姓往往要受到双重剥削，一来要通过贩卖茶叶，以"折输"即科折的方式完成两税交纳，另外还要把生产或收购的茶叶，贩运到茶马交易场或官府指定的地点。

王小波便是这样的茶农。

《文献通考·征榷考》记载说，北宋初年，"天下茶皆禁，惟川峡、广南听民自买卖，禁其出境"；直到宋神宗熙宁七年（1074），李杞入蜀才重新开始经画榷茶一事，到熙宁八年"蜀茶尽榷"。

北宋初期蜀地没有榷茶，但茶农和普通种地农户一样，是要交纳两税的。由于"不殖五谷，惟宜种茶"，因此"赋税一例折输"。洪迈在《容斋随笔·三笔》的《蜀茶法》一章中，分析得不无道理。即是说，茶农必须将生产的茶叶贩卖，折算为官府需要的物品，作为两税进行输纳。史载："宋初，经理蜀茶，置互市于原、渭、德顺三郡，以市蕃夷之马。"当时贩卖的茶叶一般分为粗茶和细茶两种，细茶在不出川境的情况下可以自由出售，粗茶则交给官府用来买马。

到太宗雍熙年间，因对北方契丹用兵，战马及其他物资的需求量增加，所谓"雍熙后用兵，切于馈饷"。而西北党项族人李继迁自太平兴国七年（982）开始反宋斗争后，时叛时服，与契丹联姻,连年"侵盗边境"。这些既影响了宋朝战马的来源,也加重了宋朝的军费开支。

这种情况下,宋朝加强了对蜀茶的控制与搜刮,并在川峡地区的8个州军设置茶马交易场(其中的益州和永康军就在今天成都市管理范围内),意在获得更多的战马,也获得更多的茶税收入。

北宋派往蜀地镇压李顺起义的石普,事后在奏陈"蜀乱之因"时,也这样分析道:"由赋敛急迫,使农民失业,不能自存,而遂为盗。"据此,我们可以推知,苏辙所说的"贩茶失职",当是王小波等人不能准时输送足够的茶叶交到茶马交易场,或不能通过贩卖茶叶而及时输纳足够的两税交给官府,最后在"赋敛急迫"之下破产失业,以致穷困,最后亮出"均贫富"的口号,铤而走险。

北宋永康军,位于四川盆地西北山区,是客户特多地区之一。青城山、味江河一带,自唐以来就是著名的茶叶产地,又是汉夷交界区(青城山的西北,就是今阿坝藏族羌族自治州境),这里有众多的旁户,也就是在破产边缘挣扎的茶农。

这些人的心里一直燃着一团火,他们每一人每一家,都是一堆干柴。聚集在一起,真可谓干柴遍地,一点即燃。

点火者王小波、李顺,起义的直接导因是贩茶失职。作为大宋的官员,蜀人苏辙分析得还是比较客观:

大盗王小波、李顺等因贩茶失职,穷为剽劫。凶焰一扇,西蜀之民肝脑涂地。(《栾城集》)

即指二人贩卖私茶,违法失职,穷困无路,铤而走险,揭竿而起。

宋太宗淳化四年（993）初春的一天，王小波聚集了一百多名贫苦农民。宣称："吾疾贫富不均，今为汝均之。"号召大家揭竿而起。这样的日子既然看不到头，只有用武装斗争实现"均贫富"的目标，这就是他们朴素的愿望。

这一号召喊出了贫苦大众积郁已久的心声，当然也引发了他们积压多年的愤怒。《宋史》用"旁户鸠集""贫者多来附"形容其势之大。各地穷苦旁户纷纷加入起义军，攻占了青城县城，然后转战邛、蜀二州，很快攻克彭山，杀掉彭山县令齐元振后，队伍已经壮大到过万人。

此后，这堆干柴如滚雪球一般越滚越大，形成一个火球，一路"燃"向邛州、崇州，继而攻克双流、新津、温江、郫县、彭州、汉州（今四川广汉）。各县一片火海，成都指日可待。

只可惜，同年十二月，在蜀州江原县（治今崇州市江源街道）与官军激战时，王小波不幸中箭身亡，其妻弟李顺被推举为新统领。

淳化五年（994）正月，李顺继续带着"均贫富"的纲领，率起义军前进，随后攻克成都，知成都府吴元载、转运使樊知古闻讯逃奔梓州。

占领成都后，李顺自称大蜀王，改元应运，很快建立起大蜀政权。设置了军政机构，任命了中书令、枢密使、军帅、知州、刺史等官员。又铸铜钱"应运元宝"和铁钱"应运通宝"。

王小波，青城县（今成都都江堰市）味江人，于淳化四年（993）二月发动起义，宣称："吾疾贫富不均，今为汝均之。"旁户（客户）纷纷参加起义，很快攻克青城县，然后转战邛州（今成都邛崃市）、蜀州（今成都崇州市）所属各县。接着，直插彭山，惩杀了贪暴恣横的县令齐元振，众至一万余人。此后，转战于邛州、蜀州。十二月，起义军在蜀州江原县（今成都崇州市江源街道）与官军激战，王小波的起义军打得十分英勇顽强，宋军招架不了，就放冷箭。王小波被冷箭射中前额。起义队伍进占了江原，王小波却因伤势太重死去。王小波的妻弟李顺被推为领袖。起义军接连攻克蜀州、邛州，队伍扩大到数万人，并趁机攻克永康军（今成都都江堰市）和双流、新津、温江、郫县、彭州、汉州（今四川广汉），对成都形成包围之势。淳化五年（994）正月，起义军猛攻成都，大败官军。十六日，攻克成都府，队伍发展至数十万人。起义军在成都建立大蜀政权，李顺为大蜀王，年号应运。起义军都刺上"应运雄军"四字。此时，宋太宗急令心腹宦官王继恩为西川招安使，统军从剑门入川；又增派雷有终、

词条　王小波、李顺起义

词条 王小波、李顺起义

裴庄、尹元等率兵自湖北入夔门，进行镇压，并一再下诏招抚，命张咏知成都府，伺机入川。四月，王继恩军破剑州、绵州（今四川绵阳市）、阆州（今四川阆中市）、巴州（今四川巴中市）；东路官军亦进入夔门，攻战于涪江流域。王继恩率军猛攻成都。十多万起义军撄城拒守，展开激战。五月六日，成都失陷，义军三万人被杀，李顺于城破时被杀害。成都失陷后，起义军仍在各地战斗，余部在大蜀将张馀领导下，沿长江而下，向川南、川东进军，连克嘉州、戎州（今四川宜宾市）、泸州、渝州（今重庆）、涪州（今重庆涪陵区）、忠州（今重庆忠县）、万州、开州，发展到十万余人，声势仍然很大。至道元年（995）二月，义军作战失利，张馀在嘉州被俘，起义失败。

看三朝皇帝，如何平反？

却说，李顺的队伍已经扩充至十数万人，就有了向官府说"不"的本钱和底气。

坐在龙椅上的宋太宗，感受到了事态的严重性，因为朝廷虽然成立，大宋也已"挂牌"，但四面八方还有许多未降服之地等待收服与确权。他被迫下诏"罪已"。承认"亲民之官，不以和惠为政，管榷之吏，惟用刻削为功"，表示要"改弦更张，永鉴前弊"。

上一次因为全师雄起义，宋太祖情急之下处理了一批官员，可统治集团还是未能吸取教训，这回该轮到宋太宗了。

处于人治的中国历朝皇帝，都有这样一个共同点，只有等到事情闹大了后，才出重拳处置，却很少想到防患于未然。因为他们会天然地认为，"溥天之下，莫非王土；率土之滨，莫非王臣"。天下都是我的，你们还有什么胆量和能力来掰手腕？

已经坐在一张小龙椅上的李顺，偏不信邪。《挥麈录·后录》载，起义军所到之处：

悉召乡里富人大姓，令具其家所有财粟，据其生齿足用之外，一切调发，大赈贫乏，录用才能，存抚良善，号令严明，所至一无所犯。时两蜀大饥，旬日之间，归之者数万人。所向州县，开门延纳，传檄所至，无复完垒。

起义军四面出击，攻州夺县，东至巫峡，北抵剑门，南达嘉州。一时间，蜀境几乎全部纳入大蜀政权的治下。

路途遥远，蜀中变乱的消息，直至淳化五年（994）正月才传到开封，太宗急忙任命心腹宦官王继恩为西川招安使，率领禁军分水陆两路入蜀平叛。仅仅过了半年，时值淳化五年夏秋时节，宋朝大军即攻破成都。成都城里被王继恩攻占，但城外仍然全是农民起义军，他们聚集起来，把宋军围困在城内。

乘官军孤立无援，张馀领导的另一支起义部队沿长江而下，连克嘉、戎、泸、渝、涪、忠、万、开八州，又星火燎原般迅速发展为一支数万余人的部队。

终究是以卵击石，随着另一支由雷有终率领的宋军由峡入蜀，李顺和他的起义军或战死，或被俘后残杀。

不可否认，李顺领导的这支农民起义军，同之前所有农民军一样，毕竟是一支以人海战术为主的乌合之众。他们甚至缺乏起码的战略战术，临阵磨枪，仓促上阵，勇则有余，谋则不足，胜则易聚，败则易散。

以前，对于那些长了"反骨"的百姓，已经打下了江山的宋王朝，当然可以居高临下，不问青红皂白，一律当作反贼，一个"剿"字伺候——旨在杀一儆百，昭示帝威。

在职业军人面前，那些如王小波、李顺般挥舞着棍棒的刁民，当然不是对手，"鸡蛋碰石头"的百姓很快便被"剿灭"——没有人对被屠的10万蜀人表示同情，历史也尽可寥寥几笔，一抹带过。

朝野上下视西川地形险要，误认为川人蛮野，民风不纯。宋初曾任绵州通判梁周翰宣解：

> 夫九州之险，聚于庸蜀，为天下甲也。五方之俗，擅于繁侈，西南为域中之冠也。多犷鸷而奸豪生，因庞杂而礼义蠹。

欧阳修也说，"蜀民易摇，喜倡事以相惊呼，遂缘为乱"。（欧阳修《文忠集》卷61《内殿崇班薛君墓志铭》）

诛人易，诛心难。蜀中民众长期的积怨和仇恨，就此种下。

"蜀之所以为重于天下，虽穷隅赺舌咸共知之"，但在宋人看来，这一地区难于控驭的程度可与京师相提并论。盖因"地险且远，天日万里"，信息闭塞，难以通达。"蜀远万里，叫呼难闻"，即便到了南宋时期，川陕宣抚使吴玠所置军期递，军事警报最快也需十八日闻于朝廷；四川制置使邱崈所创摆铺递，凡有奏请则需三十五日可达京师，这在时人看来已属快捷及时的信息传递方式；而普通的邮驿马递，则"奏报往复，动经数月"，稍有迟滞延误，信息更难畅达。由于交通和信息的相对闭塞，朝廷虽置"觇者"侦知蜀地动向，但"此一方去天万里，安危休戚，艰于上达"。平时蜀地信息难以及时了解，一旦发生紧急情况，朝廷无论遣兵驰援，还是短时集合力量，均成问题。

加之宋代四川地广人众，地形复杂，夷汉聚居，中心和周边地区经济文化发展程度迥异，无形中更加大了这一地区的治理难度。北宋统治者和士大夫眼中，蜀人尚奢，喜好游乐，且人心易动，民情易摇，是一个变乱易生、危机四伏，需要高度重视、严加防范的地区。蜀地"去行都万里",为遐远之地,统治者对其看法大致不出既定的认知框架。"边民易动"是当时统治者对边地这类较为复杂、敏感的区域所持有的普遍看法。

有宋一代,对蜀守的选用尤为慎重。"西蜀,天下之大镇,事权委奇,素号雄重","朝廷择守,比他蕃镇绝重,举西南事一以委之"。担任蜀守之人,"须智略沉辩,威惠肃给,厌舆论之所与,慰遐氓之所欲者,始为其人矣"。守臣身系蜀之安危,自然被推向风口浪尖和舆论漩涡的中心,稍有不慎,即易招致流言的中伤。宋初蜀地动乱迭起,人心未宁,兵变、民变之后,各级政府采取了严厉的措施,稳定社会秩序。

中国历史上,描写农民起义的最著名的文学作品是《水浒传》。令人生奇的是,这本书里没有反映任何地主和佃户的矛盾。相反,用秦晖先生的话来说,《水浒传》讲的就是一帮庄主(也就是地主)带领庄客(也就是佃户)来造官家(也就是政府)的反的故事。《水浒传》中大地主晁盖的第一个大的举动,是劫取"官家"的生辰纲。而生辰纲这个东西,代表的是国家对民众的横征暴敛,而不是地主对佃户的压迫。

让北宋执政者没想到的是,这种积怨和仇恨,并没有因为王小波、李顺的倒下而结束。王小波、李顺起义结束仅仅十余年后,又爆发了"王均兵变"。

盖因益州钤辖符昭寿,仗其贵家子弟身份在蜀中为非作歹。这个符昭寿的确颇有些来头,其父符彦卿,太祖时位至太师、凤翔节度使,其女又是太宗懿德皇后。史载,其恶有四:

其一,"日事游宴,简倨自恣,常纱帽素氅衣,偃息后圃,不理戎务,有所裁决,即令家人传道"。

其二,"多集锦工就廨舍织纤丽绮帛,每有所须,取给于市,余半岁方给其直,又令部曲私邀取之"。

其三,"广籴秬稻,未及成熟者亦取之,悉贮寺观中,久之损败,即勒道释偿之"。

其四,"纵其下凌忽军校"。(《宋史》)

时值王小波、李顺起义被镇压不久,"人心汹汹,知州牛冕缓弛无政,昭寿又不能御军,人皆怨愤。神武卒赵延顺等八人谋欲害昭寿,未敢发"。延至咸平三年(1000)正月,赵延顺率众发动兵变,杀符昭寿,拥都虞候王均为帅,占据成都。知州牛冕、转运使张适逃往汉州,后又逃往东川。其后,知州牛冕被削籍流放儋州,转运使张适削籍授连州参军。

王均占据成都后,又如李顺一般,很快建立大蜀政权,"改元化顺,设官置署,设贡举,以神卫小校张锴为谋主"。王均随即率众攻陷汉州,进攻绵州不克,直趋剑州,兵败退保成都,闭城自固。

那个时候的历史就是这样书写的。昨天还是自己人,嘴里吃着浩荡皇恩,一夜之间看不顺眼,便成了敌人,遂举兵讨伐。

成都,真的是命运多舛。宋真宗没有别的办法,只好派户部使雷有终,率八千步骑,入蜀讨贼。

咸平三年二月,雷有终兵到成都后,八千步骑根本不顶事。王均毕竟不是王小波、李顺,他也是训练有素的职业军人,所以雷有终没占到什么便宜,反倒被王均打败,直到十月过后,重新组织进攻,成都又才回到大宋的手中。

曾任大蜀官吏的"数百人悉遭焚杀",时谓"冤酷"。王均率余部逃至富顺,兵败自杀。

至此，历经太祖、太宗、真宗三朝的北宋初期四川百姓反宋武装斗争，才告结束。

至道三年（997）八月，刘旰率西川戍卒起义，攻掠蜀、汉等州，众至数千。益州钤辖马知节率兵追击，招安使上官正驰召马知节回成都计议平定之策。马知节认为敌军已达数千，如果推迟进攻，劳费必倍，不如趁其羽毛未丰时而剿灭。遂率所部急追，上官正原不欲出兵，在知益州张咏激励下，与马知节合兵，击败起义军，刘旰牺牲。官军凯旋还师时，张咏亲自迎接慰劳，大出金帛行赏。
北宋初年，西蜀民变迭出，社会稳定状况堪忧。乾德三年（965），因武将贪残，频酿事端，"两川'贼'群起"。太平兴国六年（981）王禧等十人"妖法惑众，图为不轨"。淳化四年（993）王小波、李顺之变，攻成都，称蜀王。至道三年（997），刘旰率西川戍卒，攻掠西川诸州。咸平三年（1000）戍守益州（成都）的神卫军指挥使王均发动兵变，占领益州，称帝建元。

词条　刘旰之变

这，才是大宋最为害怕的地方

从北宋平蜀的 965 年，上官进和全师雄领导的蜀兵起义开始，到 1000 年王均兵变结束，历时 30 余年。30 多年间，包括士兵、农民和各阶层群众在内的反宋武装斗争，共计 20 起之多。

全师雄蜀兵反宋，王小波、李顺起义和王均兵变，都曾置官设署，建立政权。全师雄领导的蜀兵反宋斗争和王小波、李顺起义更是席卷全川。

蜀地百姓掀起的反宋规模之大，延续时间之长，远非其他地区可比，加之又发生在北宋王朝刚刚建立之时，它给统治阶级的心里打击，是相当巨大的。毕竟江山尚未一统，打下的江山都反声四起，那些还未归服的地盘该会如何呢？

北宋中期，苏辙对王小波、李顺起义的爆发原因，曾有这样的反思：

臣闻五代之际，孟氏窃据蜀土，国用褊狭，始有榷茶之法。及艺祖平蜀之后，放罢一切横敛，茶遂无禁，民间便之。其后淳化之间，牟利之臣始议掊取，大盗王小波、李顺等因贩茶失职，穷为剽劫。（《栾城集》）

这些文字被写进了苏辙《栾城集》卷36的《论蜀茶五害状》中。从王小波、李顺名字前面冠以"大盗"二字，不难看出苏辙的政治倾向。也难怪，虽然苏辙是蜀地人，但手里端着大宋的饭碗，当然要为当朝说话，字里行间站在北宋当局居高临下的角度，也情有可原。但他心里还是隐隐然"有话要说"，于是话锋一转，提出了"放罢一切横敛，茶遂无禁，民间便之"之策，不失为驭民之道。

站在更为广阔的时间与开放的空间范围，来追溯这次起义的原因，我们发现，发生在成都的农民起义之因，甚至可以追溯到唐朝末年。

压倒大唐末世的最后一根稻草，是历史上有名的黄巢起义。是时，黄巢领导的农民大起义席卷大半个中国，世族地主残余势力消灭殆尽，大土地所有制受到了前所未有的冲击。只是中国太大，黄巢卷起的起义风潮并未波及蜀地，蜀地一带的世族地主势力不但没有遭到打击，反而还有了增长。

众所周知，躲避到成都的唐僖宗，率领大批皇室、官僚、贵族，还包括大批关中、中原世族逃到蜀中。五代割据混战中，中原许多"衣冠士族"又逃到蜀中避难，故"是时唐衣冠之族，多避乱在蜀"，并得到蜀中政权的庇护和优待，是谓前蜀"所用皆唐名臣世族"。

不说别的，仅这些贵族衣食住行的消费，就足以让富足的成都更加繁盛。

前蜀、后蜀时期，四川原来的土豪势力，更是外来军事统治势力的依靠对象和统治基础，因而得到不断壮大与发展。成都既是唐僖宗皇帝一度的行在，又是前、后蜀政权五十年的首都，到北宋也依然是西南地区的中心城市，贵族官僚多聚集于此，这些人占有大量财富。比如，后蜀时期或谓将相大臣"多逾法度，务广第宅"，或谓"勋贵功臣，竟起甲第"。张唐英在《蜀梼杌》一书中披露，时任中书令赵廷隐的别墅至为奢华，"南宅北宅，千梁万拱"，名曰崇勋园，"幅员十余里，台榭亭沼，穷极奢侈"。估计"十余里"有些夸张，但字里行间不难看出，前、后蜀时代的蜀地官员，真的很富有也很滋润。

作为出生于蜀州新津的北宋大臣，张唐英对家乡的情况应该甚为知晓，所留存的史料应该真实可信。

后蜀时代的成都，这种广占田地的情况十分普遍，比如有一个名叫田钦全的节度使，在后蜀几乎寂寂无闻，宋军到来时，为保全自身，竟捐赠（实则是行贿）布施田万亩以上给成都正法院做庙产，其财富究竟几许实难想象。这是北宋平蜀初期的事，宋人杨天惠在其著作《正法院常住田记》中，有比较详细的记载。

北宋平蜀后，原后蜀的皇室和重要官僚虽然受到镇压或迁离，但又增加了一批新的大官僚，他们在北宋"不抑兼并"的土地政策下，以侵民聚财为己任，继续占有大量田产。

可以说，从前、后蜀到北宋初年间，啸聚成都的大地主数量众多，富甲一方，他们广役旁户，贫富分化现象相当严重。或许，这就是王小波能够提出"均贫富"口号的根本原因。

如果把视角再放宽一些看待，就不难看出，秦以来的农民忍无可忍之时，他们才会自发选择聚众示威甚至小规模暴乱等手段来进行抗争。不幸的是，他们的抗争几乎从来没有成功过。这种自发组织起来的行为，犯了历朝统治者的大忌，帝王们对这类行为从来都是严厉打击，绝不手软。当官进民退到逼近生存这一底线时，便只剩下造反这一种可能。

> 民有不甘心食石以死者，始相聚为盗……间有获者，亦恬不知畏，且曰：死于饥与死于盗，等耳。与其坐而饥死，何如为盗而死，犹得为饱死鬼也。

那些不甘心活活饿死的老百姓，往往只有到快饿死的时候才开始起义，聚起来当强盗造官府的反。因为人在没有退路和看不到前路的时候，就没有任何畏惧可言了。要么成功，要么成仁。

王小波、李顺起义因时值甲午年，故史称甲午之乱。按司马迁《史记》云："天运三十岁一小变，一百年一中变，五百年一大变，此常数也。"甲午之乱似是天运使然，实则"出于民怨"。仁宗皇祐四年（1052）十二月，蜀地传言"岁在甲午，当有兵起"。即是说，在即将到来的甲午年（1054），蜀地会再次爆发兵乱。甲午岁凶之说，源于蜀地民众头脑中挥之不去的历史记忆。"初，孟知祥据蜀，李顺起为盗，岁皆在甲午。""淳化甲午岁，盗起两川，蜀城俱溃，众号百万，直趋剑门"，其规模、气势和影响之大，更是给人留下了难以磨灭的印记。

《商贸与文明》一书中，青年学者张笑宇特地发明了"正增长"与"零增长"两个我们熟悉的陌生词。这也不难理解，所谓"正增长社会"，往往就是政通人和、安居乐业的社会。他以为，暴力秩序导致零增长，因为暴力秩序往往意味着零和游戏。道理很简单，暴力集团自身并不从事生产：皇粮交得多了，农民手里留的余粮自然就少了，老百姓服徭役的时间长了，在自家农田里干活的时间当然就短了，国家垄断盐铁了，商人就只能眼巴巴看着官府发财。当皇粮越交越多,徭役越服越多,垄断覆盖面越来越大,以至于民众发现辛苦劳作一年却一无所获,他们干脆停止生产。

斯时,社会就由"正增长"转化为"零增长"。每至于此,改朝换代也就为时不远了。幸运的是,这样的"零增长"更多只是集中在蜀地。

"记忆是一种重建"的心理规则下,创伤性的社会情境使这样特殊的年份不仅"蜀父老识之",更是"深以为恐"。

针对甲午兵起之说,实际上北宋朝廷是有预案的。从皇祐四年(1052)十二月到至和元年(1054)六月,朝廷一方面选派能吏入蜀主政或巡查,并整肃吏治,减免额外征收。如仁宗先命程戡知益州,再派盐铁判官燕度入蜀督察地方盐务……从统治者角度来说,治蜀方略的选择和制定应取决于变化了的地方社会形势,恩威并施,宽严结合,宽猛相济。或"猛以济宽",或"宽以济猛"。

王小波、李顺起义被镇压之后,"川峡选官多惮行",不愿到四川做官,一度成为北宋政坛咄咄怪事。有这样的"怕"就对了,其后赴四川的地方官,也不再像以前那样肆无忌惮,胡作非为。

此后的政策似乎有些矫枉过正,当局害怕农民反抗,竟还把宋太祖制定的养兵政策改为荒年募兵制。即,一遇荒年凶岁,就招募饥民为兵。这种政策造成的后果便是,饥民免于流徙、死亡,有效避免了流民和流民起义所引发的社会动荡。天禧四年(1020),吕夷简任益州路安抚使,因秦、陇、利州等路饥民太多,上书"望令逐处募充本城诸军",得到朝廷允许,"募民为兵，人赖以安"。但长此以往，冗兵冗费不断滋生，财政压力可想而知。

宋代与唐初军事体制最大的不同，是初唐采取府兵制，而宋代采用募兵制。募兵制不同于府兵制的地方，在于兵都是招募而来的职业兵，只负责打仗，不负责生产和屯田，他们由中央政府发工资。募兵制相对于府兵制的优点，是兵士的军事素质更高，而缺点则是养兵必须全靠政府拨款，负担沉重。

史载，宋朝采用常备军体制，国境沿线和首都开封，最多时驻屯有超过一百万的军队。那些军人平时什么事儿都没有，完全是吃白饭的。皇上知道这是权宜之计，但如果让那么多闲杂人员进入社会，将给社会带来动荡不安。《水浒传》里的那些梁山好汉，落魄军人很多，可以说反映了那个时代的社会现实——不论将校还是士兵，没有一个能当正经八百的良民。

这，才是大宋最为害怕的地方。

赵匡胤灭后蜀之后，很快便着手办两件大事：将蜀地大小府库全部搬空，建立专用铁钱的货币特区。第一件事很好理解，宋朝为了统一中原四处打仗，还要花大力气防备辽国。第二件事其实和第一件事有很大关联，宋朝虽然搬空了四川府库，但运走的几乎都是贵重物品。据《宋史》载，从蜀地运走的东西被分为两类，即"重货"和"轻货"。重货大致包括金银、铜币、珠宝等，轻货则是丝绸、绢布这些高价商品。

接下来朝廷开始在四川大量发行铁钱。追根溯源，终究还是忌惮蜀地的安稳——这块偏安一隅的宝地，有如一块滴油的肥肉，弄不好就会让人从嘴里叼走。稍不留神又会培养出一个难以对付的小皇帝来，这是大宋皇帝无论如何也难以接受的。历时三朝之久的蜀地暴乱,已经令圣上十分头痛,形成某种程度上的条件反射了。

王小波、李顺起义的阴影,甚至延伸至神宗朝,以至王安石推行市易法时,神宗皇帝还因"曩时西川榷买实物,致王小波之乱"而忧心忡忡。

词条 王均之乱

王均（？－1000），北宋益州士兵起义领袖。农民出身，原为益州（成都府改，今成都）钤辖符昭寿属下的都虞候。宋真宗咸平三年（1000）元旦，益州戍卒赵延顺等因不堪忍受将领和官吏压迫，率众杀死符昭寿，发动起义，占领益州。王均被拥为皇帝，称"武威元皇帝"，国号大蜀，改元化顺。益州知州牛冕等逃往汉州（今四川广汉），汉州随即也被王均攻陷，众至十余万。他们又逃往东川（梓州，今三台）。王均即率兵攻打绵州、剑门，企图占据川北门户，但均未成功，只得退回益州。二月，击败宋将杨怀忠，又歼灭雷有终所部。九月，宋军大举进攻，成都城破，王均突围至富顺。十月，王均自缢而死，起义失败。蜀州知州杨怀忠乘王均北上剑门时，进攻益州，一度攻入城内，但杨怀忠所调集的壮丁中有许多是原王小波、李顺起义军战士，临阵变乱，杨怀忠因而战败，退保江原（今成都崇州市东）。二月，王均企图向南发展，但又遭到杨怀忠部宋军的阻击。不久，杨怀忠部宋军再次攻入城内，胜负相当，杨怀忠只得退保鸡鸣原（今成都市双流区东），王均也闭门守城。二月十六日，北巡到德清军（今河南清丰西北）的宋真宗得知王均叛乱，随即从抗辽前线抽调负责督运粮草、担任过益州知州的雷有终，再任益州知州兼主帅，并抽调抗辽先锋官石普为副

词条　王均之乱

帅，率步骑八千，立即赶往川蜀镇压，以后又派宦官秦翰率军增援。王均向外发展先后受挫后，只得困守益州城，因而未能引发广大人民参加斗争，兵变没有能发展为人民起义。王均虽然百计抗击，但是独守孤城，到九月初不得不突围南逃，途经广都（今双流东南）、陵州（今仁寿）、荣州（今荣县），直奔富顺监（今富顺），准备南渡沱江，企图进入当时还是少数民族聚居区的戎州（今宜宾）、泸州（今属四川），徐图发展。十月，王均到达富顺监，正准备南渡沱江，为宋军先锋杨怀忠追及，仓促间未及应战，王均被杀，兵变失败。

第3章 四川铁钱的前世与今生

罕见的地域歧视

如果有幸穿越到北宋时期的成都,一定可以发现一个奇特的景观。

热热闹闹的锦官城,风味十足的大慈寺,琳琅满目的商货,熙熙攘攘的人流。定睛一看,人们都带着鼓鼓且沉重的行囊,负重前行。没错,他们身上都带着"不堪重负的钱",与其他城市不一样的是,成都人的钱不是揣在兜里,而是用专门的布袋,或搭在肩上,或用驴驮着,或专门雇伙计用车载……那一锭锭名叫财富而令人苦不堪言的铁钱。

元宵灯会这一天到来,四面八方的商旅带着奇珍异宝,成都四个城门外熙熙攘攘,热闹非凡。正是"鼓吹连天沸五门,灯山万炬动黄昏"时刻,人们用期待的目光望着城上鼓楼,只等300声击鼓敲完,就能挤进繁华的灯市,去完成一笔心仪的大生意。

自唐以来,成都的商业繁荣,十二月市异常活跃,接踵而来的灯市、蚕市、花市、锦市、酒市……层出不穷。市集大多临岸傍水,店肆林立……这种繁荣延展至宋代时,更显得自由而随意，宵禁完全解除，人们完全释放，交易格外活络，夜市便无节制地兴起，一发不可收拾。每每临近暮色，街上的店铺便约好似的，陆续挂上各式灯笼，灯红酒绿间，商贩来往络绎不绝，街巷市井车水马龙。

如果你一不留神来到这座陌生的城市，一定会惊呼，这哪里是人间——简直是天庭瑶池。蜀锦和蜀绣冠绝全国，引得人们竞相追捧。如果你看中了其中的一种花色，要购买的话，必定是一件比较麻烦的事，因为你在取钱时，得拉一车的铁钱，方可换回一匹锦绣。

这是为何？原来，成都繁华的街头上，只有珠宝没有金银。人们在街上买东西时，无论是贵重的锦绣或是轻便的针线，一律只能用一种货币——铁钱。

这是朝廷强行规定使然——蜀地是大宋唯一铁钱专用地区。

铁钱质量重价值低。北宋初期的蜀地，用钱成为一件考验人的体力活。如果你身体不好，即便再有钱，也只好"望钱兴叹"。成都市面上流通的主要是小铁钱，每贯即1000文铁钱重达6.5斤。宋代蜀人如何用铁钱购买东西，可能我们今天难以想象。形象一点说吧，你要是上街买菜，需要提一篮可能比菜还重的铁钱；你若想买一匹价值20贯的蜀锦，则需要雇一个壮汉，挑上130斤重的铁钱；如果想买一头牛的话，就需要拉满满一车铁钱去赶牛市了。

倘使一个商人要去较远的地方做生意，那可是要了命了。他花在脚力（或其他运输形式）上的钱便是一个不小的数目，即所谓脚力钱，也就是运输成本。这样的运输成本由两部分组成，一是货币（即铁钱）的运输成本，二是货物的运输成本。与其他地方相比，同等情况下，无形中增大了成本，缩小了商贾的利润空间，也在无形之中降低了商品在市场上的竞争力。

不只是民间如此，就是官方对铁钱的笨重，也同样啧有烦言。有一名叫范纯粹（范仲淹第四子）的蜀地官员上奏道："如自陕府般铁钱一万贯至秦州，计用脚钱二千六百九十余贯。"（李焘《续资治通鉴长编》卷344）这就意味着，运输费竟占了铁钱本身价值的四分之一还多。就等于说，运费的增加使得做远程生意的商贾尤其不便，因为他们所带的钱到达一地，就像通货膨胀一样，其铁钱的原来价值就自行贬值了，这并不是不可控制的市场力量影响的结果，而是铁钱之不便携带以及交通之崎岖造成的。

可以说，宋代的成都人最为烦恼的，就是如何把钱携带在身上——真的成了幸福的烦恼。笨重的铁钱越来越难以满足市场对货币流通的需求，特别是对那些交易金额大的商贾们来说。

四川盆地群山环抱，北有秦岭和大巴山山系，西面和南面是青藏高原和云贵高原，东面是巫山山脉。宋代蜀地偏处西南，地理上号称"天下至险之国，陆有剑门，水有瞿峡，设为两关，以扼秦楚之冲，一夫当关，百万之师睥睨而不敢进"；军事上易守难攻，每当"王政衰圮，则奸豪凭险自安"。相对来讲，历来与中原等地的交往比较困难，地理单元具有相对的独立性。经济上，"蜀之四隅，绵亘数千里，土衍物阜，货货以蕃财利，贡赋率四海三之一"，成为国家财赋的重要来源地。"其（蜀）地东接于巴，南接于越，北与秦分，西奄峨嶓。"内部自然资源丰富，物产富饶，诸葛武侯云："益州险塞，沃野千里，天府之土。"由于蜀地在经济、军事、地理等方面所具有的重要性，历来被"祖宗视为殿之西角"，"国家倚为外府"。

先天的地理形态，割断了四川与外地贸易的往来，好在四川幅员辽阔，自我消化能力较强。成都作家冉云飞先生认为，长此以往，客观助长了成都地区物品相对丰盈之后的享乐之风。在这里，自给自足的传统经济，自成一体。经济相对封闭的特性，格外明显。

这样的环境正是过日子的好地方，百姓小富即安，生活相对优渥。交易使用的货币完全可以用零星的铁钱承担。郑壹教先生研究得出结论，这是铁钱在蜀地能独立长期流通的重要原因。

纵观有宋一代，货币种类甚多，有铜钱、铁钱、夹锡、金、白银、交子、会子……宋朝制定了很多对货币的管理政策。政府根据各地区不同的实际情况，决定该地区使用什么样的货币。货币铸造权归于中央，严禁民间私铸。

令人不解的是，本来经济相对繁荣的四川地区，竟成为宋代唯一的铁钱专用区。

北宋之前，一个统一的国家只有一种金融制度。北宋乃中国金融体系最复杂的朝代之一，每个地区都有着不同的货币特点。《宋史·食货志》中的"钱币"一节告诉我们，北宋的钱币体系可划成三大区域，四川地区是铁钱使用区，陕西等地是铁钱、铜钱混合使用区，剩下的地区是铜钱使用区。

北宋初年，各地使用的货币以铜钱为主，铁钱为辅。使用铁钱的地区有四川、陕西、河东、福建等地，只有四川成为铁钱专用区。四川是宋代铁钱使用时间最长，也是铸造额最多的地区。这些铁钱大体分为三种，小铁钱、景德铁钱和祥符大铁钱。

这种情况，到纸币出现的北宋中后期和南宋初期，方有所改观。我们不妨先看看史料是如何记录的：

铜钱一十三路行使：开封府界，京东路，京西路，河北路，淮南路，两浙路，福建路，江南东路，江南西路，荆湖南路，荆湖北路，广南东路，广南西路。

铜铁钱两路行使：陕府西路，河东路。

铁钱四路行使：成都府路，梓州路，利州路，夔州路。（《文献通考·钱币考》）

为了阻止钱币外流，赵匡胤搞起了金融管制。朝廷规定，只在四川发行铁币，不准铜币流入，也不准四川铁币流出。

都是他治下的大宋江山，赵匡胤为何会出此政策？原来，其内心深处，有一个不可告人的隐痛——蜀地人心难归，唯恐叛乱。

第2章提到，宋朝廷把蜀中财物，用船经三峡转运到开封，前后经十多年方运完，称为"上供"。"天下未乱蜀先乱，天下已治蜀未治。"既然如此，那就先抽取你的血液，让你失去"乱"的动力与本钱。由此下去，再乱也乱不到哪里去了。不然，朝廷不放心。

四川地区流通的铜钱是上供到开封的主要物资，当时在平蜀宋军中曾任随军水陆转运使，以及在宋太祖开宝六年（973）任提点荆南、剑南水陆发运事的沈伦，搜刮蜀中铜钱"上供"，同时还增铸铁钱兑换民间铜钱，甚至用铁钱兑换蜀中民间金银以上供宋朝廷。这种行为，使四川地区的货币流通，顿时减少，出现钱重货轻的通货紧缩局面，铁钱与铜钱的比价不断下跌。

《宋史·食货志下二》说："蜀平，听仍用铁钱。禁铜钱入两川。"这里的"蜀"特指后蜀，也就是五代十国时期孟昶当皇帝的后蜀王朝。

有这样的历史背景，也就不难理解，大宋为何用这项特殊政策，制造全世界罕见的铁币区。这种以货币的方式，将版图切割为亲疏不同的领域的做法，之前的统治者还从未有过。只听说过人与人之间"老死不相往来"，却未闻货币间"不相往来"。这种将政治经济化的简单粗暴的行为，的确有利于统治，但却大大不利于市场交换，何况是商业一直十分繁华的成都。给民众生活与经营带来极大不便，各种矛盾也相应滋生。

经济活跃的四川地区，指定使用最不值钱的铁钱。民众所直观感受到的解释只有一个，就是有意抑制蜀地生产力的发展，不让你做大。

按照赵匡胤的想法，长此以往蜀地的铜存量慢慢就会消耗殆尽，可是当地官员却发现了漏洞。物以稀为贵，铜越来越少也意味着越来越值钱。所以才有了蜀地官员聂咏、范祥等人的投机取巧，从铜钱与铁钱的比率中赚得盆满钵满。从而严重影响政权的稳定。朝廷注意到这种情况的危害性后，于太平兴国四年（979）取消了禁止铜钱入川的禁令，诏曰：

禁铜钱不得入川剑南界，宜除之。自今两川民许杂用铜铁钱，即不得出他境。缘边戒吏谨视之，犯者论如法。（李焘《续资治通鉴长编》）

太平兴国七年（982），宋太宗下诏，遂令川峡输租及榷利，"勿复征铜钱"。

北宋乾德三年（965），后蜀被宋太祖赵匡胤攻灭。此刻，赵匡胤的中国统一之路还在如火如荼地进行，打仗需要大量财富支撑,而孟氏治下的后蜀,因为偏安一隅,自唐以后很少受战争影响,物阜民丰,十分富饶。

正好,蜀地的大量的金银财宝可以运往战争前线,以补充中央政府之不足:

> 沈伦等悉取铜钱上供,乃增铸铁钱,易民铜钱,益买金银装发,颇失裁制,物价滋长。寻又禁铜钱入川界,铁钱十乃直铜钱一。(《续资治通鉴长编纪事本末》)

作为掌管朝中财政的大臣,沈伦等人上供的主要是蜀地留下来的铜钱。这是因为,北宋初年时的铜钱是硬通货,全国流通的主要货币就是铜钱。后蜀时期,铜、铁兑换比率大约是3∶5。上供以后,铜钱稀少,比率慢慢变为1∶10。也即是说,因为朝廷抽走了大量铜钱,在蜀地流通的铁钱一下子被贬值,由原来的3∶5到1∶10,贬值了80%多。

这种情况之下,随着四川地区铁钱大量增加,竟出现了"钱轻物重"(是指认为金钱相对于物品的价值较为轻微,即认为物品的价值要高于金钱的价值)的现象。宋初,全国还没出现铁钱专用区,均普遍使用铜钱或铜、铁兼用。蜀地执行上供政策后,铜慢慢减少,事实上成了铁钱专用区。

不难看出,后蜀归宋初期,政府只是通过一定的手段,将在蜀地的铜钱运往大宋都城开封,民间还在使用铜钱,只不过铜钱越来越少而已。因为"事实上的铁钱专用区"与朝廷明文规定的"铁钱专用区",是两个完全不同的概念。前者百姓可以选择,民间还有铜可寻,而一旦硬性规定后,即使你手里有铜钱也不得使用，否则就是违法。

铜钱减少影响流通，咋办？铸造大量铁钱投放。但铁钱本身的价值低于铜钱，这无形中又加速了铁钱的贬值，进而导致四川地区经济畸形发展，物价远远超过其他地区便是一例。

矛盾一步步凸现，由经济问题慢慢变成政治问题，钱荒现象出现，社会难以稳定。

为了解决这一矛盾，朝廷采用的办法是"堵"而不是"疏"，最后一不做二不休，以诏令的方式，将四川地区硬性规定为"铁钱专行区"。

在物畅其通、货畅其流的蜀地，铜钱"不准进"，铁钱"不准出"，无疑是要命的。

指秦统一六国后，颁布的有关货币流通的第一个律令。因古代"金"与"布"都是货币，故得名。秦代金布律内容广泛，规定布帛规格长八尺、宽二尺五寸，钱十一当一布。其出入钱依黄金和布计价折算；市场买卖，官吏和商贾均不得选择钱布好坏。规定地方官吏间运送物品的计账方法，官吏供应交通工具和牲口、饲料的方法，欠公家债务和借公家器物偿还的办法，以及授衣办法等。1975年12月湖北云梦睡虎地出土秦简（云梦秦简），包括金布律十五条。其中，对于当时市面上流通的钱币品质并未特别要求，如"钱善不善，杂实之。出钱，献封丞、令，乃发用之。百姓市用钱，美恶杂之，勿敢异。金布"（第64、65简）。汉承秦法，《二年律令·钱律》亦有相应的律文："钱径十分寸八以上，虽缺铄，文章颇可智（知），而非殊折及铅钱也，皆为行钱。金不青赤者，为行金。敢择不取行钱、金者，罚金四两。"（第197、198简）此外，还有关于以布帛作为货币的标准，如"布袤八尺，福（幅）广二尺五寸。布恶，其广袤不如式者，不行。金布"（第67简）。这些资料对于了解秦时的货币制度及物价极为重要。

词条　金布律

"特区"是如何形成的?

有宋一代,商品经济迅猛发展,货币需求量剧增,铜、铁钱铸造如火如荼。盛产铜铁的地方各州、县,普遍设置"铸钱监"便成为必然。政府以"××监"为名,役使工匠开凿矿山,"鼓冶铸钱"。

作为特殊时期的一个官署,"铸钱监"相当于现在的"中央银行"。此机构自唐朝开始设置,那些"支行"分属所在州府而总隶于少府监,掌造钱币。铸钱监置监一员,以所在都督、刺史判;副监二员,以州府上佐判;丞一员,以判司判;监事以参军或县尉为之。(《新唐书·百官志》)

急需用钱的宋代沿袭唐代的惯例,仍设铸钱监一官,为少府监属官。监是与府平级的官署。这一官职一直到南宋灭亡前都存在。随着经济的发展和货币的需求增大,宋代的铸钱监不断增多,由初期的七监发展到宋神宗时的二十六监。

朝廷在四川先后设置的铸钱监有六个。它们分别是,雅州百丈监、嘉州丰远监、邛州惠民监、兴州济众监、益州铸监、利州绍兴监。据不完全统计,六大铸监行铸的铁钱数,有二百三十余万贯。

雅州百丈监(在今雅安名山区)乃第一个开始铸铁钱的铸钱

监,时间是开宝三年(970)。也就是从这一年起,朝廷禁止铜钱入川。《舆地纪胜》和《续资治通鉴长编》两书都有记载,北宋"始令雅州百丈县置监铸铁钱,禁铜钱入川"。

其后,益州(今成都)、眉州(今眉山)亦置铸钱监。咸平四年(1001),又在邛州(今成都邛崃市)置惠民监。

景德二年(1005),在嘉州(今四川乐山)置丰远监。

庆历年间,在兴州(今陕西略阳县)置济众监。

南宋绍兴十五年(1145)在利州(今四川广元)置绍兴监。

六大铸钱监中,当数雅州百丈监最有影响力。其重要标志就在于,此地铸造了大宋开国以来,在四川铸造的第一枚"宋元通宝"。民间又将宋元通宝称为"宋开国钱"。

这也是后蜀之后,大宋在四川发行的一种新钱,所以官方又称"平蜀钱""太平钱"。意思再也明白不过了,就是要让这一地区的百姓牢牢记住,"蜀"已经成为"过去时",大宋才是真正的太平天下。

这一年是宋太祖建隆元年(960)。《宋史·食货志》载:"太祖初铸钱,文曰'宋通元宝'。"因为最初铸钱,没有现成的模板,遂仿唐"开元通宝"而制。"钱文仿八分书,形制仿唐开元。"据载,宋元通宝版别较多,除背有星、直、日、月、上菱纹外,常见的主要有大字、长通、狭通、小字阔缘等。

四川地区行用铁钱,直接上承五代后蜀,铁钱的铸造及与铜钱的比价,亦与后蜀有密切关系。五代时期的前后蜀均铸造钱币,其中前蜀王建所铸永平、通正、天汉、光天四种元宝钱,王衍铸乾德、咸康元宝钱,后蜀孟昶铸广政通宝和大蜀通宝,均为铜钱,形制及重量均仿开元通宝钱。铁钱的铸造,则始于后蜀孟昶广政十八年（955）。因当时后周派兵伐蜀，占领了后蜀秦、成、阶、凤四州战略要地，蜀主孟昶为防卫后周，在川北剑门关一带屯驻重兵，重新布置防务，军费开支浩大，国家财政困难，所以增铸铁钱，其形制与广政通宝相同。这次铸造的铁钱，完全模仿广政通宝等铜钱，工艺精细，也由于后蜀此次铸造铁钱的数量不大，铜钱与铁钱的价值差别不大。北宋在乾德三年（965）灭后蜀，把四川地区置于中央政权的管辖下，四川地区的货币流通情况与铁钱币值开始发生巨大的变化。

与北宋其他地方铸钱监不同的是，四川铸钱监只铸造铁钱，四川也成为全国唯一只铸铁钱的"特区"。

朝廷以为，六大铸钱监相继开张铸铁，蜀地的钱荒现象，应该就可以避免了。

四川虽有六个铸钱监，却是"兴废不常"。只有邛州的惠民监、嘉州的丰远监、利州的绍兴监三个地方保持经常铸钱，其余三个地方则"生意清淡"，只是兴办之初铸钱较多，以后就逐渐减少，甚至停铸。史载，从北宋元丰八年（1085）起，蜀中每年铸造铁钱不足十四万贯。到南宋时期，铁钱的铸造更为减少。

建炎二年（1128）转运司以铸钱数多，难于流转，造引数少，其价益高。奏乞依嘉祐四年（1059）敕文，权罢铸钱十年，桩留鼓铸本钱，称提引价，不待报遂行。（《蜀中广记》）

总体算来，四川此次停止铸造铁钱，长达17年之久。直到绍兴十五年（1145）"置利州绍兴监，岁铸钱十万缗以救钱引"，才重新恢复了铁钱的铸造。此后，在绍兴二十二年（1152）又

"复嘉之丰远、邛之惠民二监，铸小平钱"。即使恢复了铸铁钱，也只是少量的而已。

何也？

其中一个最为重要的原因，是四川铁产量本身不多，原材料紧缺，开采成本高，官府没有收益，积极性当然不高。

北宋的版图之上，产铁之地大体有26州军77冶。就四川来看，主要集中在渠州、合州、资州三地，量都不大。而梓州通泉县有三铁冶，东关县一铁冶，资州磐石县一铁冶，荣县、资官县、广安军、泸州和万州等地也有一些，量更少。至多能满足蜀地铸币及生产生活之用。

到了南宋，战事吃紧，四川所产之铁，相当一部分就近用于制造兵器了。《建炎以来朝野杂记》说，成都、潼川、遂宁府和嘉、邛、资、渠等七州作院"日造甲"，兴元府、兴州城、大安军、仙人关等六处作院"日造神臂弓、甲皮毡"。所造的兵器堆积如山，军资库里的"马弓、弩弓多至数十万，箭数百万枚"。

也难怪，铁都用来造兵器了，铸钱监当然只有歇业了。

覆巢之下，安有完卵？面对是铸铁钱还是铸兵器的矛盾，时任四川安抚制置使王刚中也无可奈何：

嘉州无铁可用，乞令邛州以所造日额衣甲铁炭，改铸夹锡钱，而令利州以铸铁所余铁炭，对数打造衣甲。（《建炎以来系年要录》）

生存与生活两难选择。对于一个地方官而言，只有在存亡之间的夹缝里，寻求解决之道。

南宋后期，四川北部、西部、南部悉数被蒙古军占领，主要产铁地区丧失，只剩下川东南平、万州等产地，制造军器的铁材都难以解决，当然难有铸钱的可用之铁了。凉山、攀枝花一带是四川铁矿资源最集中的地方，占比达90%以上，而这些地区当时却不受宋朝控制。这是后话。

到了南宋初年，就因"阙鼓铸本钱，遂废罢钱监"。至绍兴十五年（1145），四川宣抚副使郑刚中奏请置利州绍兴监岁铸10万缗，以救钱引之弊。所铸铁钱"率费钱二千而去千钱云"，数十年过去了，铸铁钱还是处于亏损状态。

绍兴三十一年（1161）复置邛州惠民监，岁铸钱3万缗，计用本钱39700余缗；利州岁铸钱6万缗，计用本钱114000余缗。数据两相对比，同样是严重亏损，得不偿失。

由于铁钱的成本大大高于铁钱的币值，所以民间"毁钱为器"之风层出不穷，屡禁不止。正如淳熙六年（1179）四川总领李昌图所说："利、邛两监所铸钱，官费本钱倍于息，且鼓铸有限，而民间毁销无穷。"

"铁钱卖不过废铁"的咄咄怪事面前，能够进入流通领域的铁钱，自然十分有限。

秦统一后发行的货币。在秦统一六国之前，各国钱币的形状不一，如铲币、刀币、环钱等，且只能在各自统辖的范围内流通。秦始皇在统一六国后，统一法律、度量衡、货币和文字，废止了战国后期六国旧钱，在战国秦半两钱的基础上加以改进，圆形方孔的秦半两钱在全国通行，结束了中国古代货币形状各异、重量悬殊的杂乱状态。秦半两是中国第一个全国统一的货币，标志着中国货币发展过程中的一个里程碑。战国秦钱，多随军事而流布，与六国商用流通者绝少，故多发现于秦军经略六国之通路。秦始皇承袭先王旧业，仍用半两钱。秦统一货币时，中央也曾铸造过"重如其文"的半两钱。这种钱的特征是钱径稍大（在3.3厘米以上），钱肉较早期稍薄，重8克左右。汉高祖得天下（前206），战乱初定，社会经济亟待恢复，故虽承秦制仍用半两钱，但却以秦钱重难用，更令民铸荚钱，使民放铸。引发物价暴涨，货币恶性贬值，至吕后二年（前186），又恢复八铢钱，其后又屡屡改制，虽面文为"半两"，而大小轻重无常。秦朝半两与战国时期半两面文相同，钱型基本无变化。

词条　秦半两

那么多钱哪儿去了？

一个新的王朝成立之初，有两件大事会进入执政者的议事日程。一是定都，也就是确定皇帝大臣们办公与生活之地；二是铸币，用自己的货币来彰显王朝的正当性和皇权的权威性。

唐朝灭亡之后，国家散裂为五代十国。国家多了，政权就多了。这些成为国家的地方政权，如宣示主权一般，都在发行自己的货币。由于战争不断，这些国家政治动荡、经济凋敝，大都财政窘迫，货币流通混乱不堪。民间多用旧钱，为了应付局面，有的地区只有发行铁钱。尤其是十国，不少政府大量鼓铸铁钱，先后铸行永隆、天德通宝、乾封泉宝、永通泉货等各制铁钱，数量之巨，再次将铁钱的铸行推向高峰。

北宋时期铸造的铜钱数量总额大概在2.5亿贯，年均150万贯左右。宋代冶铜课最盛的是熙宁十年，铜产量达到前所未有的2174万斤（宋斤约为现在的1.19斤），远远超过唐代。

可让人奇怪的是，虽然狂铸钱币，大宋在很多时候还是在闹"钱荒"——钱币远远不够用。

现代经济学原理告诉我们，商品经济的发展必然会导致货币需求量的增加。古人没有今天的金融学知识，当然也缺乏对商业规模的科学统计。数据显示，中国的铜储量仅占全球储量的

4%，且主要分布在江西、云南、湖北、西藏、甘肃、安徽、山西、黑龙江等地，其中一些地区并非北宋控制区。而且限于技术条件，古代只能对露天且冶炼难度较低的矿场进行开采。粗放型的开采，加上中国铜资源本身匮乏，供求失衡，产生"钱荒"在所难免。

以当时的社会生产力，铜产量从宋仁宗皇祐年间的510万斤，提升到宋神宗元丰年间的1460万斤，已经处于极限，远远超出了铜矿的开采能力。

宋代的铜禁是极为严格的，稍有违反就会被判处死刑。《续资治通鉴长编》中就记载了朝廷曾发布过相关诏令："旧敕犯铜禁者，七斤而上，并处极法。"

北宋初年，宋太宗赵炅又颁布法令：

铜钱阑出江南，塞外及南番诸国，差定其法，至二贯者徒一年，三贯以上弃市，募告者赏之。（《宋史·食货志》）

朝廷的做法十分粗暴，禁止铜钱外流，把所有的铜全部收集起来铸钱。

效果如何呢？即使颁布了诏令，国家本身执行力有限，"一船可载数万贯而去"的现象依旧会发生。钱荒仍在继续，令宋神宗百思不得其解。北宋时期科学家、著有《梦溪笔谈》一书的沈括，这样忠实地记录下"宋神宗之问"：

公私钱币皆虚，钱之所以耗者，其咎安在？

市场果真已经繁荣到了连铸钱都赶不上的速度吗？非也。货币史专家汪圣铎先生对历代币制有着较深的研究。他认为，宋代"钱益少"实际是一种类似"钱荒"的假象，或者说只是货币的相对缺乏。他一语道破个中关键，向市场投放的大量货币，没有进入流通领域，而蔓延的"熔化为器"和"储藏货币"等不正常现象，使大量货币脱离了货币流通领域。这才是问题的关键所在。

"熔化为器"是因为钱不值钱，比如要买一口铁锅，还不如将钱直接熔化，铸一口铁锅更划算。"储藏货币"是中国百姓久有的传统习俗，特别是厚葬风俗盛行的宋朝，人们普遍使用金钱随葬。

不仅如此，还有更多的让我们想象不到的"储藏"情况。比如湖北省黄石市境内西塞山东麓坡地，从明万历二十六年（1598）至1967年近400年间，先后6次发现大规模古代金属货币窖藏，出土的既有铜铁钱，也有金银，数量之巨、品类之盛，世所罕见。1967年，从西塞山的一个钱窖就挖出重155吨，合30余万斤的宋代钱币。

专家考证认为，这里曾经就是宋代为抵抗外敌入侵而设的储备军费的军库。因而窖藏的银锭既有"经制银""卖钞库银"，又有"军资库银"，种类远比军资库自身贮藏的更多。

吕文德是南宋晚期的名将，转战江淮、荆湖、四川各地前线达30多年，多次击退蒙军，取得骄人战绩。开庆元年（1259）三月，吕文德被任命为保康军节度使、四川制置副使兼知重庆府。他上任后的首要任务，便是前往重庆合州，救援被蒙哥大汗率军围困的钓鱼城。

五月，吕文德率军冲破纽璘镇守的防线，次月又攻破李进防线,但随后遭遇了蒙古名将史天泽的迎击,被迫暂时撤退。七月,蒙军最高统帅蒙哥汗死于攻城途中,四川战事告一段落。吕文德又马不停蹄地赶往鄂州,阻击正大举进攻鄂州的蒙哥汗之弟忽必烈。十一月,为了争夺汗位忽必烈撤军,鄂州之围得以化解。朝廷下诏重奖:"吕文德援蜀之赏未足酬功,今援鄂之勋尤为显著,特赐百万,良田万顷。"不仅如此,南宋朝廷还封他为崇国公、卫国公,让他建节两镇(保康军、宁武军)。可谓极尽荣华,极为倚重。

地位的显赫,朝廷的器重,让吕文德的势力越来越大。他与权臣贾似道相勾结,形成了庞大的军事集团。吕文德为将非常贪婪,据宋人刘克庄的记录,岳飞镇守京湖时,定额30万兵力,贾似道镇守京湖时,还剩20万。吕文德上任后,将这20万京湖兵裁至7万,而朝廷还得按30万定额拨付给他,就这样明目张胆,朝廷养兵之赋中的大部分被吕文德据为己有。

南宋末年,吕氏一族富可敌国,时人形容吕家"宝货充栋宇,家产遍江淮"。

西塞山东麓坡地窖藏所出土的钱币,估计也快顶上整个四川数十年所铸钱币了。只可惜,那些本来用于流通的钱,刚一出厂还没有进入市场,倒先成了文物。

大宋的钱币满天飞。甚为吊诡的是,一枚北宋的银铤,竟跑到了遥远的边塞。极为搞笑的是,这枚银铤还是宋徽宗的生日供品。考古学家在内蒙古巴林左旗辽上京临潢府汉城遗址起获了一批文物,其中就有一枚宋徽宗时代的银铤。银铤正面楷书"京西北路提举学事司进奉崇宁肆年天宁节银每铤五十两"三行二十四字。原来,这是宋徽宗生日之际,京西北路提举学事司向皇帝祝贺进奉的银铤。

有些荒唐的是，这枚极具纪念意义的银铤，却飞向了大漠边塞。是宋"贡"辽？抑或金兵南下劫掠至此？这或许是大宋铸了那么多钱币，却还一直缺钱的一个原因。

连皇帝的银铤都不翼而飞了，还有什么不可能的？一枚银铤，在无声地诉说北宋末世的无奈与辛酸。

话说回来，钱总是不够用，究竟怎么办？两种办法。最直接的办法，就是不停地铸。既然市场需求大，那就不铸小钱，开始铸"每贯用铁三十斤，取二十五斤八两成"的大铁钱，以满足大宗交易的需要。因为这种体量笨重的大铁钱诞生于景德二年（1005），所以又叫"景德大铁钱"。

大钱小钱都在海量地熔铸，市场却仍在喊钱荒。而从货币厂走出的铁钱，却难逃被销熔和退出流通的命运。这是一个奇怪的循环，整个宋朝都无法解决。

铁是相对廉价的材料，用铁铸币相当于朝廷可以无限制发行货币。自真宗景德年间后，在四川地区铸的铁钱是以大钱为主。从仁宗到徽宗大约一共铸了18种铁钱，大体是这样分布：仁宗时期铸的铁钱大约7种、英宗时1种、神宗时2种、哲宗时3种、徽宗时5种。

真宗时出现交子，因此北宋中后期四川地区铁钱，也受到了交子的影响。交子在四川地区货币流通领域里，慢慢代替铁钱而发挥了比较重要的作用。铁钱逐渐成为交子的准备金。

由此，从嘉祐年间（1056—1064）始，北宋铁钱的比值与币重发生了较大变化：折十铁钱改易为折二钱。庆历末年，由于当十大铁钱重仅相当于小铁钱2或3枚，所以币值由最初规定的

10下降到3。到了神宗元丰年间,大、小铁钱比价下降到2,即折二大铁钱。难怪侍御史周尹坦言:

> 臣去冬奉使,经由永兴秦凤路,伏见盗铸铁钱不少,市肆买卖交易多不肯行用,官司虽有支出,却不收纳,上下疑惑,军民愁怨。问其本末,盖是钱法用一当二,铁钱易得而民间盗铸者费少利倍,所以抵冒严刑不可止绝,滥钱日以滋多。
>
> 臣今到京,便欲具管见申述,乞将两路折二铁钱只作一文行用,自免盗铸之弊。又访问得所在官中积贮者约有数百万贯,民间收藏者又不在其数。
>
> 缘上件钱货,起初元以一当十,后来减为折三,近岁又作折二,已于国家重货十损其八,若更作一文行用,即又损一分,所以不敢辄有奏请。(《续资治通鉴长编》)

从这份史料可见神宗时期川陕地区的大、小钱的比价,这实际上是铜钱与铁钱的比价。

到了徽宗时期,蔡京当政,从崇宁二年(1103)起采用铸大量铜钱和铁钱的方法。郑壹教先生分析认为,此举主要是解决财政问题。当朝宰相、成都新津(今成都市新津区)人张商英也向徽宗进言:

> 陛下奋发英断,慨然欲救钱轻物重之弊,一旦发德音,下明诏,捐弃帑藏数千万缗钱宝,改当十为当三,令下之日,中外欢呼,万口一舌。(《续资治通鉴》)

张商英以直言敢谏著称，是历史上有名的"绍述新政"的中坚力量。成都市新津区花源镇北部与双流黄水镇南部交界处，唐宋时有个张氏家族，出了张唐英、张商英兄弟和张唐英儿子张庭坚三个以"直谏"著名的官员，《宋史》有传。三人都是进士出身，形成"一门三进士"的文蔚大观。宰相任上张商英大革弊事，主持改革币制，最有名的，就是大力推广发明于成都的世界上最早的纸币"交子"。这是后话。

当十钱的币值大大高于其实际含铁量，并且铸造不精，必然贬值。

值得一提的是，宋代的州县根本就没有长官，只有知事，叫知州和知县，全称"知某州事"或"知某县事"，意思是主持某州或某县工作。有的还称"权知"，那就更是"姑且主持"而已。官员既然是"临时工"，当然得过且过。

宋为什么要把县令和刺史改为知县和知州？实际上就是为了中央集权。集权的第一件事，是集地方之权于中央。地方上的首要任务，甚至只是为中央政府敛财。因此，不能有维护州县的地方官，只能有主持工作的中央官，知州和知县也往往有中央政府的官衔。看起来是高配，实际上就是集权。

北宋朝廷当十铁钱贬值为当五钱，仍不能解决盗铸问题，只好再贬值为折二。盗铸的趋势无法阻止，四川地区官吏又请求把陕西折二铁钱贬值为折一，允许陕西大铁钱流入四川使用。在历史学者郑壹教看来，分析北宋时期四川地区铁钱贬值，可以从两个尺度去研判。首先是铜、铁钱比值的变化。北宋时期四川以外的地区都行用铜钱，他认为铜钱可成为北宋使用过的货币价值的尺度，因而铜、铁钱的比值变化可说明铁钱的贬值。其次缘于物价的变动。物价和货币流通最有密切的关系。关于物价和货币的关系，文献多有记载：

> 孟昶失国，乾德四年，知府吕公余庆、转运使沈公义伦奏拣铜钱，计纲以发。蜀地上行铁钱，以千一百易铜钱千。又索铜器铸钱附发，仍增铸铜钱市金上供。然失于裁制，物价滋长，铁钱弥贱，至以五千易铜钱一千。（《蜀中广记》）
>
> 伪蜀广政中，始铸铁钱。每钱一千以易铜钱四百，凡银一两直钱一千七百，绢一疋直钱千二百，而铸工精好殆与铜相乱。
>
> 既平蜀，沈伦等悉取铜钱上供，及增铸铁钱，易民铜钱，益买金银装发。颇失裁制，物价滋长。寻又禁铜钱入川界，铁钱十乃直铜钱一。（《续资治通鉴长编纪事本末》）

由此可知，后蜀时期，四川地区也是铜、铁钱兼用，而铜铁钱比值是2.5∶1。但到乾德二年后，达到10∶1。主要原因，就是竭四川财力的上供政策。

词条　五铢钱

五铢钱是中国古代的一种铜制通货。钱上有"五铢"二篆字，故名。最初铸于汉武帝元狩五年（前118）。汉武帝于元鼎四年（前113）下令禁止郡国铸钱，把各地私铸的钱币运到京师销毁，将铸币大权收归中央。中央政府成立专门的铸币机构，即由水衡都尉的属官（钟官、辨铜、技巧三官）负责铸钱。钟官负责铸造，辨铜负责审查铜的质量成色，技巧负责刻范。西汉时期的五铢钱，枚重五铢，形制规整，质量标准，铸造精良。王莽篡汉以后，改国号为新朝，颁布一系列改变币制的法令，禁五铢，行新钱，先后发行货币30余种，其形式模仿周制，等级庞杂，使用不便，不足值的大额货币泛滥，苛法强制推行，导致经济的极大混乱，不久即告失败。由于王莽禁用五铢，大量的汉五铢被集中销毁。王莽下令，凡使用五铢或收藏五铢的，轻则鞭刑，重则极刑，一度盛行的五铢钱，遭到了毁灭性的打击。东汉建武十六年（40），光武帝刘秀重新推行五铢钱，对社会经济的恢复起到积极的作用。魏晋南北朝到五代十国时期，是中国货币发展史上的一个重要转变期。隋朝在全国范围内推行统一标准的五铢钱，同时严禁私铸及使用其他旧币，隋五铢便成为国内统一的法定货币。唐朝开国以后，通行700余年的五铢钱从此退出了钱币历史的舞台，改铸开元通宝。

四川铁钱，一个时代的特殊印记

铸币过程中，政府为了获取更多的利益，不仅铸造和铜币一比一兑换的铁币，还铸造了所谓的大钱。除四川地区外，大钱也分铜和铁两种，每一枚大钱可以兑换十枚正常的钱币（称为小钱）。

于是，很多地区就有了四种货币：铜钱大钱、铜钱小钱、铁钱大钱和铁钱小钱。

四种钱币中，最不值钱的是当十大铁钱，所以民间竞相私铸这种铁钱。后来，官府意识到比值是不合理的，改为一枚大钱当三枚小钱，后来改为当两枚小钱，民间才慢慢把大钱接受下来。可民间虽然接受了大钱，对于铁钱还是很排斥。逐渐地，两枚铁钱只能当作一枚铜钱用，甚至三枚铁钱换一枚铜钱。

从真宗景德二年（1005）至仁宗嘉祐四年（1059），四川地区物价上涨，铁钱购买力下降，主要原因是朝廷铸大铁钱后，大、小钱比值严重失调，加之大铁钱的质量由"景德大铁钱"的一贯25斤8两，下降到"祥符大铁钱"的一贯12斤10两，同一种钱币质量只有先前的一半，铁钱的购买力当然下降。

实际上，这种情况正在形成全局性问题。不仅在四川地区，大宋其他地区，也不同程度地存在类似情况。对此，北宋大臣欧阳修曾去河东路，专门考察过当地的币制，"探问军民用铁钱便与不便"，回来写了封《乞罢铁钱札子》向朝廷奏报：

  河东有两个铸造铁钱的钱监，分别位于晋州和泽州。两监共铸了大铁钱四万四千八百余贯（折合小铁钱四十四万八千余贯），小铁钱十一万七千七百余贯。

  晋州铸造大铁钱的利润（用铜钱购买铁，再铸造成铁钱，铁钱的面值与成本之比）有十五倍之余，铸造小铁钱的利润只有一倍有余。泽州铸造大钱利润二十三倍有余，小钱利润两倍。

  铸造小铁钱并不划算，虽然看上去有一两倍的利润，但扣除人工成本和管理成本，加上铸造的数量有限，实际盈利的总额是很少的。

  铸造大铁钱的利润很高，但由于利润过高，人们铤而走险私铸，官府也屡禁不止，最终反而扰乱了市场。（郭建龙《中央帝国的财政密码》）

  基于此，欧阳修反对以铸造不足值货币为政府赢利，认为当财政好转的时候，应该停止"铸造行用"大小铁钱。提出了废除河东地区大小铁钱的五点明确理由：

  小钱利薄不足铸，大钱犯法者日渐多。

  今开厚利之门而致人死法，则诱愚民以趋死；若贷其死，则犯者愈多；急于捕察，则良民一例搔扰；纵而缓禁，则民不胜奸。

  深法不可，缓法又不可，捕察又不可，纵之又不可。

  用之既久，币轻物贵，惟奸民盗铸者获利，而良民与官中常以高价市贵物。

利入之数渐多，用物之兵日减。（欧阳修《乞罢铁钱札子》）

欧阳修所到的河东地区，就是北宋王朝的东北部。熙宁二年（1069）闰十一月，王安石变法期间，宣布仿照成都交子制度，将交子务设置在潞州，发行交子（第5章将详细介绍）。制置三司条例司在河东推行交子的理由，与四川人使用交子的理由完全一致：铁钱搬运过于不便，发行纸币可以减少成本、便于货币运输。或许王安石和其他最高决策层的成员对于河东交子抱有很高的期许，认为它应该能如四川交子一般，在本地流通和国家财政中都发挥重要作用。然而英明如王安石者同样不能事事顺心，宋代史书对于潞州交子的记载极为稀缺，因为它前后大约只行用了半年，潞州交子务便被罢废。原因也比较明确，潞州交子与河东地区原有的财政贸易模式不匹配。当然，这是后话。

从地理上看，河东地区是指黄河"几"字形河曲处的北侧，沿着黄河的主河道以东的区域，直至太行山的西侧。这一区域包括了今天的山西省全境。欧阳修的结论是经过细致考察后得出的。

欧阳修自己心里也清楚，这个结论可以引起人们的称赞，赢得一些夸赞和掌声，却不会引来皇帝的实际行动。理想很丰满，现实很骨感。当财政吃紧时，饥渴的政府几乎不可能放弃任何一笔收入。

那么，欧阳修生存的北宋，是一个怎样的状况呢？

康定元年（1040）至庆历二年（1042）间，北宋和西夏因为边患问题，打了三次大战，均以大败告终，北宋边患日益严重。坐立不安的宋仁宗，开启了北宋历史上第一次政治改革，此为中国历史上著名的"庆历新政"。

庆历二年冬,欧阳修拟就《准诏言事上书》,阐释了立志改革的决心和策略,成为大力支持新政的倡导者。为"擘画边上粮草","计度废麟州,及盗铸铁钱并矾课亏额利害",庆历四年(1044)四月欧阳修奉皇命出使河东。七月,还京师。其间,欧阳修写了三十八道奏折。这些奏折的内容,基本上都集中在体恤民情、减免赋税、修改法规、为民解忧。

作为北宋著名的政治家和文学家,欧阳修提出"诱商为上、制商为下"的增税思想,让人们眼睛一亮。仁宗庆历年间,朝廷推行抑商政策,官府垄断商业贸易经营,禁榷茶、盐、酒等高利润商品,并严厉限制商贾私营活动。此举加重商贾商税负担,极大限制了商业发展。

作为行走在庙堂与江湖间的士人,熟读史书的欧阳修知道,历代封建帝王脑海里,重农抑商是其为政之本,但还是公开反对过分抑商、"断绝商旅"。《通进司上书》是欧阳修此类思想的集中体现,他建议将"权商贾"与"通漕运""尽地利"共同作为充实财政、巩固国防的重要举措。通过经济收益的对比,欧阳修提出:"夫欲十分之利皆归于公,至其亏少,十不得三,不若与商共之,常得其五也。""与商贾共利,取少而致多之术也。"欧阳修认为,尽管"权商贾"与商人分利,但物货流通加快,既增加了获利总额,也增加了国家赋税收入。

也就是说,最终得利的,还是政府。因而,他奏请朝廷适当放宽商业禁法,减免对民间商业过重的课税,采取"与商贾共利""诱商而通货"之策,以让利的方式诱导商人参与贸易经营。

如果我们把视野放到地球另一边的历史中去审视,就不难发现这些怪现象的由来与去往。韦伯在其《儒教与道教》中，曾经评论过中国的铸币技术，说中国的采矿技术和铸币技术都停留在非常原始的阶段。古代中国的硬币采取的是浇铸法，而不是西方惯常采取的压制法，因此极易仿制，成色也很悬殊。据说有人曾称过 18 枚面值相同的 11 世纪的中国铜币，最轻的 2.70 克，最重的 4.08 克，这样的铜币自然得不到市场的信任。而欧洲普遍采取压制法，相比浇铸法，技术更加先进，的确更能保持硬币的成色。问题是，硬币成色也不完全是技术问题，它往往还是一个政治问题。比如，《世界各国铸币史》告诉我们，公元 9 世纪末，查理曼帝国分裂后，许多伯爵、子爵、修道院院长和主教都获得了铸币权，为了谋求利润或者竞争有限的金银资源，他们随意降低铸币的成色，以至于当时不同地方铸造的德涅尔币，价值竟然相差达 4 倍，也并没有比中国好到哪里去。

客观地说，欧洲的这种糟糕情况很快得到了缓解。主要有两个原因，一是国王加强王权，从封建领主手里收回铸币权；二是商业的复兴，使各城邦和地区铸造的硬币质量误差不能太大，否则它很快就会失去信用。比如，10—12 世纪的英国国王与法国国王先后颁布了铸币法，加强了中央对铸币权力的管控，也规范了硬币的成色。而各地方领主，同样也在改善自己的铸币规范。

历史学家统计了这一时期不同地区发行的数十种货币，尽管它们彼此间差异很大，但是同一地区、同一年代发行的同一批货币，误差大的也只是 0.3 克不到，铸币质量确实好于韦伯所举中国硬币的例子。

这一现象主要源于欧洲各地区与中国不一样的铸币用途，一是供国际交易使用，二是供国内贸易使用。其中，迫使他们保持铸币成色和质量的主要压力，应该是国际交易。这一点与中国的情况完全不同。可以说，国际贸易倒逼人们遵守信用。在中国出现同样的事件，顶多是官府过堂判案，有的还可能不了了之。

13世纪之前的地中海沿岸贸易往来中，人们的首选货币是金币。这些金币最初是拜占庭铸造的，其铸造的苏力第金币的质量标准，保持了7个世纪。后来，铸币中心转移到了埃及。史载，当时中东的经济发展水平比欧洲要高得多，欧洲各城镇和经济中心高度依赖国际贸易。所以，硬币质量必须过关。换句话说，尽管当时西欧也许有数十上百种各地发行的货币，货币的金银成色也各不一样，但它们却都需要保持与来自拜占庭和阿拉伯世界的货币之间的汇率稳定。

然而，这个需求当时并不是被技术进步解决的。直到工业革命后，欧洲人研发出蒸汽动力的硬币冲压机，硬币成色的问题才得以最终解决。

不少学者认为，计算铜铁钱比值，最为科学的当从北宋初乾德二年（964）算起，那是"宋师平蜀"的一个转折之年。郑壹教则认为时间还应该再提前，因为宋平蜀后已经产生了"滞后效应"——铁钱已经开始贬值，"伪蜀广政"中的一两银价已经可以兑换一千七百铁钱，一疋绢甚至可价值一千二百铁钱。此言在理。

如此看来，后蜀广政年间铜铁钱比值为2.5∶1；太平兴国二年（977），铜铁钱的比值是14∶1。从乾德三年（965）宋平蜀后到开宝三年（970），铜铁钱比值一直维持在10∶1的状态。

从开宝二年至太平兴国四年，10年时间里，四川地区没铸钱。到太平兴国四年（979），四川地区铜铁钱兑换比率达到1比14。铁钱一贬再贬，达到顶峰，也就越来越不值钱了。

嘉祐四年（1059），朝廷下达"停铸政策"的目的，就是控制四川地区的物价和铁钱的购买力。张方平在《乐全集》说得很明白：

> 寻除翰林侍读学士、知益州……川峡用铁钱，诸炉岁课，嘉、邛苦之，公请停铸，而货币以平，关市无乏。

《宋史》也说：

> 铁钱布满两蜀，而鼓铸不止，币益轻、商贾不行，命罢铸十年，以权物价。

"停铸政策"的确也起了作用，从熙宁以后到北宋末年，铁钱购买力都比较稳定。比如，元丰二年（1079）绢价为1300文，与熙宁年间大体相当。而元祐元年（1086）的米价只相当于至和年间（1055年前后）的一半，是百姓日子最滋润的时候。

词条 开元通宝

系唐代铸造的第一种铜质货币。钱币在唐代始有"通宝"。唐初沿用隋五铢,轻小淆杂。唐高祖武德四年(621),为整治混乱的币制,废隋钱,效仿西汉五铢的严格规范,开铸"开元通宝",以取代社会上遗存的五铢。钱文由书法家欧阳询书写,面文"開元通寶",形制仍沿用秦方孔圆钱。由于其质量合理,通货控制得当,钱币做工比较精美,故深受百姓喜爱。质量上,一般的开元通宝每文重一钱,每十文重一两,每贯(即一千文)重六斤四两。每文重二铢四絫,约合4.2克。但在唐玄宗开元年间,由于处于盛世,开元通宝的铜料增加了一到二成,这时的开元通宝质量为4.5克至5克,因而厚重的开元通宝也多半是此时铸造的。样式上,初唐开元通宝光背无文,中唐起钱背开始有星、月及其他纹饰,晚唐会昌开元则在钱背面加上钱局所在地名。经过200余年铸造,版别复杂。唐代以后仍有冶铸,但样式大多与唐有别。在规格上,开元通宝基本是小平钱,但唐代也铸有少量开元通宝折十大钱,属开炉纪念性质,后代也有仿造。

公孙述留下的"铁钱之谜"

　　自从钱币被战国诸侯们搞成"孔方兄"这副嘴脸后,"铜钱"两个字也就如影随形,成为历代货币中最通行的硬通货,直到后来有了铁之后,铁钱也相继诞生。

　　于人类文明而言,铁的出现应该不算太晚。早在西汉初年,就有过"铁半两"和"铁四铢",那还是铁的青春时代,各种可能性俱在。喜欢标新立异、搞出许多怪钱的大新皇帝王莽,也铸过"大泉五十"和"货泉"两种铁钱。王莽造铁钱是当皇帝时所为,而公孙述接过造铁钱的手艺,是从汉光武帝建武六年开始,此时,王莽已死去七年。

　　王莽篡汉时,公孙述正在蜀地为官,职务是导江卒正(即蜀郡太守),办公地点在临邛(今成都邛崃市)。因为善于理政,清廉公明,公孙述颇有威望。

　　王莽末年,天下纷扰,群雄割据。乱世中,自称虎牙将军的南阳人宗成率军侵入蜀地,意在自立。是时,韬光养晦的公孙述,派遣使者迎接。岂料宗成入蜀后不得民心,公孙述便心生一计,使诈称,大汉使者传达更始帝刘玄的诏旨,命公孙述代理辅汉将军兼领益州牧。宗成心知肚明,知道这是公孙述耍心眼的"矫诏",用以掩人耳目。

很快，公孙述成功了，声名狼藉的宗成败亡。

面对乱成一锅粥的天下形势，已经坐稳成都的公孙述还在观望。本来就是蜀郡太守的他，遂自领辅汉将军兼益州牧。蜀郡太守管辖区域差不多只有成都市，而益州还管着越嶲等其他几个郡，相当于半个四川省。这是他的第一步棋。

公孙述身边有一个名叫李熊的助手，当时的官职是"功曹"，即郡守、县令的佐吏。此人极力怂恿公孙述自立为帝。《后汉书·公孙述传》十分生动地记载了李熊的谏言：

蜀地沃野千里，土壤膏腴，果实所生，无谷而饱。女工之业，覆衣天下。名材竹干，器械之饶，不可胜用。又有鱼盐铜银之利，浮水转漕之便。

北面据有汉中，阻塞褒、斜的险要；东面扼守巴郡，拒扞关（今重庆市奉节县）之口；地方数千里，战士不下百万。见到有利时机则出兵而扩大地盘，无利则坚守而从事于农业。东面可下汉水以窥秦地，南面顺着江流以震荆、扬。所谓拥有天时地利等一切成功的条件。现在你蜀王的声名，已闻于天下，而名号未定，有志之士在狐疑观望，应当即大位，使远方之人有所依归。

公孙述心里也很清楚，只是蜀地偏安一隅，自立是迟早的事，没人来跟他争皇位，他也乐见有一个人帮他说出来。因为他清楚地记得当初王莽即位的情形，朝廷之上，众臣力劝之下，方勉强登基称帝。其实心里早就垂涎三尺，只不过耍了个欲擒故纵的心计。

"天命无常，百姓与能。能者当之，王何疑焉？"听完李熊的谏言，公孙述打消了顾虑。史又载，李熊劝谏之时，公孙述梦见有人对他说："八厶子系，十二为期。"醒来后问妻子："虽然贵极但祚短，如何？"妻说："朝闻道，夕死可矣。何况十二呢。"公孙述称帝十二年而败亡，果然应验梦中谶语。这是后话。

建武元年（25）四月，公孙述正式自立为帝，国号成家，并改元为龙兴。李熊一夜之间跃升为大司徒，改益州为司隶校尉，蜀郡为成都尹。

自此，历史上第一个割据四川的政权得以正式建立，而公孙述也成为第一个据蜀称帝的外地人。

却说，此时中原群雄割据混战正酣，民不聊生，称帝之后的公孙述采用休养生息之策，深得百姓拥护。公孙述经济改革的第一个大动作，便是废除莽钱，也废除西汉铜钱，铸行铁钱。"成家"的龙兴六年（30），公孙述"置铁钱官，废铜钱"，并且立铁钱为"铁官钱"。也就是说，从公元30年到公元36年"成家"灭亡，在位于今天四川、重庆境内的割据王国主要疆域里，铁钱是官方发行、大规模使用的唯一合法货币。

这是我国历史上，第一次在一国范围内，正式全面地使用铁钱。公孙述铸行铁钱的原因，历史上有多种说法，一般认为与其辖境内铜资源日益缺乏有关。秦汉史研究者陶元甘称，公孙述要占据益州一隅之地，供养一支庞大的军队，使得货币不足。再则，西汉前期，汉文帝把严道县（今四川荥经县）的铜矿赏给大夫邓通，邓氏又把手伸向四川、云南等地，造成后来四川铜矿资源缺乏。历史学者陶短房却认为，当时蜀中确有"黄牛白腹，五铢当复"的童谣，反映出民间普遍不习惯用铁钱。这些其实都不是公孙述铸铁钱的主要原因。铸铁钱恰是公孙述战略考虑绝顶聪明的一招：蜀中物产丰富、社会富裕、商业发达，如果仍和境外使用同样的铜钱，则虽有贸易之利，却难以实现市场垄断。使用仅能在蜀中流通的铁钱，境外商人在蜀中售货后，就不得不将手中铁钱换成蜀地特产带走，这不仅可刺激商业发展，增加税收，还可趁机哄抬蜀锦等蜀中特产的价格，在"商战"中占得不少先机。

我比较认同陶短房的观点。《华阳国志》《后汉书》等史籍也说，公孙述"铜改铁"后"货币不行"，意即钱不能在市场上流通。而公孙述据蜀期间，蜀中经济以繁盛著称，所谓"不行"，可以理解为铁钱在蜀地和境外的贸易流通中用不上，这恐怕正是公孙述在大敌当前的节骨眼上，"铜改铁"的奥妙所在。如今，四川省钱币学会钱币陈列室，还陈列有一枚成都近郊西汉土坑墓出土的"铁半两"，那正是公孙述的杰作。

古蜀四川的铁钱元素，可以顺着历史长河，一路上溯到很远。史载，2300多年前，"秦破赵，迁卓氏……致之临邛，大喜，即铁山鼓铸，运筹策，倾滇蜀之民，富至僮千人"。说明四川已然出现铁钱。常璩《华阳国志·蜀志》记载：

临邛……有古石山，有石矿，大如蒜子，火烧合之，成流支铁，甚刚。因置铁官，有铁祖庙祠。汉文帝时，以铁铜赐侍郎邓通，通假民卓王孙，岁取千匹，故王孙货累巨万亿。

中江县崖墓出土的"直百五铢"，据考证为三国时期刘备所铸，重庆市博物馆还藏有一枚铁"直百五铢"。《蜀中广记》记载：

孟氏广政间，增铸铁钱于外郡，边界参用，每钱千分四百为铜,六百为铁。逮至末年,流入成都,率铜钱十分杂铁钱一分。大盈库往往与铜钱相混莫辨,盖铸工精也。

后蜀开始,铁钱在流通中不再是小规模铸造,比重已然很高,甚至成了主体货币。《文献通考·钱币考》有载,到了五代十国时期,位于四川的后蜀由于货币不足,也发行铁钱。后蜀孟氏在四川发行铁钱后,规定民间须将铁钱和铜钱按照一定比例混合使用。当时"西川、湖南、福建皆用铁钱,与铜钱兼行",也就是一吊钱中必须有铜币若干、铁币若干,试图用这种方式来弥补铜币的不足。

当北宋并吞后蜀之后,中央政府乘机对四川地区进行了金融劫掠。地方官为了上贡,将大部分的铜钱都运出了四川,四川这个原本的铜铁币混合使用区,渐渐只剩下了铁币。

公孙述过后千年,蜀地再次大面积使用铁钱,宋太祖莫非也看过公孙述那段历史,并受到他的启发?

词条　永平元宝

永平元宝为五代十国时期，前蜀高祖王建于永平年间（911—915）铸造的钱币。前蜀高祖王建于武成三年（910）改下一年为永平元年（911），铸"永平元宝"。《十国春秋》载："是岁（永平元年），始作新宫。命集四部书，选名儒专掌其事……铸'永平元宝'钱。"永平元宝的版式为小平钱，有大样（早期）、小样（晚期）之分，铸工不精，面文粗糙。钱文"永平元宝"隶书，旋读，然"永平"二字已近真书，"平"字中竖粗长。径约2.3厘米，重3克左右。背平夷无文，穿上或有仰月。无大钱及铅锡钱。永平元宝，北宋董逌的《钱谱》已经著录，南宋洪遵《泉志》也有著录，但永平元宝存世稀少，累世难见，洪遵本人也未见永平元宝实物。他在《泉志》中说："永平元宝钱轻重未闻，自通正以下五钱皆前蜀所铸，今世甚多，独是钱未见。"清代戴熙《古泉丛话》提到："洪《志》前蜀以永平元宝冠，今此钱绝无。"王建所铸五种年号钱中，永平元宝传世独少，极为罕见。传世多见一种文字纤弱之"永平通宝"小钱，系安南所铸。

伟大的铸铁时代

中国发行铁钱的历史悠久。自西汉始铸，几乎各朝都沿袭续之。

西汉早期的半两，王莽货币中的大泉五十和货泉，公孙述铸的五铢，南梁的五铢，五代十国的永隆通宝、永通泉货以及金代的正隆元宝……纵观铁钱的发展历程，可以看出铁钱在中国货币史上最有特色的，主要集中在政权分裂时期。

比如南朝梁武帝时期，南梁政府历时十年，以禁止铜钱流通为前提，铸行四种五铢铁钱，即四出五铢、大吉五铢、大通五铢、大富五铢。货币堆积如山，物价腾贵，人们拉着整车的钱去买东西，有时候甚至连具体数目都不算，只看有多少串。《隋书·食货志》形象地记载了这一奇观：

乃议尽罢铜钱，更铸铁钱。……所在铁钱，遂如丘山，物价腾贵。交易者以车载钱，不复计数，而唯论贯。

这，应该是继公孙述后，一次大规模的铸行铁钱。

某种意义上讲，铜钱与铁钱，仅仅是币材的更替。因为除了币材不同外，二者本身的形制、币文、铸造等，总体上均无什么大的差别。

铜半两产生后，铁半两始出现，五铢、开元钱制也是首先有铜钱，然后才有铁钱。追随铜钱的铁钱，因而有了补充或调解铜钱与商品矛盾的功能。而铁钱的特殊作用，只有在币制严重影响商品贸易活动时，才能较清晰地呈现出来。

自汉至民国初的两千余年中，中国铸行铁钱断断续续大约持续有五六百年时间。不同的时期不同的地区，铁钱的流通，较铜钱及其他货币，更能反映当时社会经济的发展状况及商品货币的关系。

不同的时期，铁钱产生的原因，有其特殊性。如汉代产生铁钱的直接原因是私铸谋利；宋代除四川特例之外，主要表现为铜铸币无法满足商品市场对货币的需求量；清朝则是因为太平天国运动爆发，滇铜北运受阻，政府发生财政危机，筹措军费困难。

私铸铁钱早于官铸，官铸铁钱后又禁私铸及禁止使用私钱，看上去似乎是官、私之间围绕货币铸行权的斗争，但其中却隐藏着货币流通状况发生变化，需要调整或改进币制的先兆。行商坐贾，每日与商品货币打交道的逐"末"之流，较封建统治者先觉察到商品货币关系的变化，他们对货币购买力的敏感，利益的诱惑，使其中不法之徒往往铤而走险，率先破坏原有币制而对钱币的轻重、材料乃至币值进行改造或"创新"。

铁钱从汉代到五代十国的发展，至宋代进入鼎盛时期，自南宋理宗朝后，开始走向衰落。元、明两朝基本未兴铁钱，到清代咸丰时期出现短暂的回光返照。太平天国运动爆发，滇铜外运受阻，咸丰铁钱临危受命。有清一代267年，唯有咸丰年间先后28个铸钱局中，有一半铸行铁钱。从这个角度解读咸丰朝廷的内忧外患，可更添新意。铁钱流通虽不系主流，却从汉至清末铸行两千余年，关键时刻从不缺席，成为中国货币史上不可或缺的一抹亮色。

世界货币文化史中，中国并非最早以铁为货币的国家。但任何一个国家，历史上都没有像中国这样使用过这么长时间的铁钱，更没有像中国这样铸行过种类、币值等级异常繁多复杂的铁钱。有专家断言，如果抛开中国铁钱，恐怕人类几乎就不存在铁钱货币文化了。

宋代钱币，无论其种类之多、数量之大，还是质量之高、工艺之美，都远胜于汉唐时期。宋币铭文，多为名家及皇帝手笔，篆隶真行草俱全，还有古篆体、瘦金体……因之，宋钱成为当时周边各国最流行、最坚挺的硬通货，成为南海诸国争相储蓄的镇国库之宝物。

中国最早进入的金属时代，应该是铜器时代。

商周时期就是辉煌的铜器时代，那个时期的青铜器大部分用在"祀"与"戎"的"国之大事"上，几乎没有出现青铜钱币。严格而言，铁的驾驭，要比青铜困难得多。其难点就在于，它的熔点太高，古代没有能力达到这样的技术。可我们仍不得不佩服人类文明的伟大。

当4600年前，美索不达米亚的工匠熔炼出了第一块铁坯之后，作为硬金属的铁，就牢牢占据了江湖的地位。虽然人类有辉煌的青铜时代，但铜并不是地球上最丰富的金属资源；而且想要制成硬度合适的青铜合金，还需要加入锡，可是锡的产地有限。相比之下，铁是地壳中第四多的元素，而且分布非常广泛，几乎没办法垄断。

"铁"先是以武器的面具出现，其次才是货币。公元前1400年以前，冶铁的核心地区是今天亚洲西部土耳其境内的安纳托利亚高原。赫梯人在当地露天的矿脉获得大量铁制品，紧接着使用铁质的短斧、利剑和弓箭的赫梯军队就向谷地中的众多王国发起侵略战争。铁质武器改变命运，也改变历史。地壳中铁的丰富程度，意味着人类拥有更多的金属，能够装备更多的武士，能够将更多的人口送上战场。

虽然很长一段岁月里，人类对铁的驾驭还是初层次的。

我们知道，春秋时代的战争都是贵族的游戏，以荣誉为目标，战争规则明确，贵族们打仗有点像去赴一场激情四射的聚会一般。而到了战国时代，战争却是功利性的，目的很明确，就是直接消灭对方的国家，掠夺对方的土地和人口。为何会这样？历史学家张宏杰先生有一个十分新颖的解读：这主要源于铁的出现。

铁器在春秋末期、战国初期才得到普及。相比于青铜器，铁器价格便宜，同时铁犁相比于木犁，能更轻松地耕种土地。铁器的使用使越来越多的森林得到开垦，粮食产量大幅增加。更为重要的是，铁可以打造利器，用于战争。

铁器普及之前，春秋时代的各国并不是连在一起的。就是说，国与国之间没有边界。美国汉学家吉德炜说，商代的国家结构如同瑞士干酪，里面充满了空洞。周王分封诸侯，只是派自己的兄弟子侄到一片荒蛮的大地上建立一个又一个邦国而已。所以西周初期的一千多个方国，正如塞缪尔·E.芬纳在其名著《统治史》中所说，"领土就好似一个拥有超过1700个周朝堡垒、要塞和据点的群岛，其周围就是由潜在的村民和异族部落组成的汪洋大海"。春秋时代以前的诸侯国,是一个一个点,而不是一片一片的,点和点之间是荒野,是游牧民族生活的地方,所以叫"华夷杂处"。当时的游牧民族,并非只生活在中原王朝的北边,而是很多生活在中原各诸侯国之间的荒野上。

铁器普及后,粮食产量翻了一番,"若西周的亩产为每亩1石,则战国亩产(以每亩2石计)增加了100%"。人口也爆炸式增长,荒野都被开辟,各国的疆界这时也开始连接,国土的争夺越来越激烈,一个统一的国家也就呼之欲出。

很大程度上讲,这是铁器的功劳。

迈锡尼文明的对岸,博斯普鲁斯海峡的东侧,在小亚细亚半岛的高原上,诞生了一种新的文明形态——赫梯文明。赫梯对人类最大的贡献在于,他们发明了铁的精炼法。凭借这一比较优势,遂成为一个军事帝国,公元前1274年挥军南下,攻下叙利亚北部,与埃及新王国接壤,紧接着与埃及又爆发了著名的卡迭石战役。我国是到战国时才有了铁器的出现,而赫梯的铁兵器却使古埃及等国胆寒。

史载,大约3000年前,赫梯人的冶铁和锻造铁器技术已经相当成熟,完全脱离了粗糙铁制工具时期,能加工出精致的铁制品。安卡拉安纳托利亚文明博物馆中内,有一把金包铁的剑,十分精美;有一块铁板,上面刻有楔形文字,能在坚硬的铁板上刻文字,可见当时对铁的运用技术已经达到纯熟的程度。铁被赫梯人视为专利,不许外传,以至贵如黄金。据载,经过精炼的铁,价格竟是黄金价格的60倍。

诞生于公元前19世纪至公元前18世纪之交的赫梯文明,兵锋所指,摧枯拉朽。赫梯人公元前1595年攻陷巴比伦城,巴比伦这个灿烂的文明从此消失。或许早熟的文明都很脆弱。赫梯文明于公元前14世纪至公元前13世纪走向鼎盛，之后便开始走向衰落，于公元前8世纪彻底消失在小亚细亚这块土地上。文明不会无端地消逝，随着赫梯的灭亡铁器趁机扩散到了世界各地。世界虽然从青铜器文化过渡到了铁器文化，但由于铁器的硬度和熔铸等原因，很长一段时间，铁器还是未能大规模普及。

铜器高高在上，成为帝王将相与神的玩物，只有铁器属于普通百姓。直到铁器铸造技术成熟，中国古代农具才有了飞跃性改变。历史学家杨照发现，促成铁器铸造进步的飞跃因素，竟然是鼓风炉的发明与运用。

《老子》说："天地之间，其犹橐龠乎？"而"橐龠"二字，指的就是风箱。鼓风炉的作用在于灌入大量氧气，通过激烈的氧化作用产生高温，高温能够将矿石中的铁熔解出来。

吴国以铸剑著称，他们铸出来的剑介乎"铁"和"钢"之间。就是因为温度上去了，铁的硬度就有了保证。温度是如何上去的呢？《吴越春秋》载，铸剑时工匠动用了三百童男童女"拉风箱"，从而使得很高的温度维持在炉中。

战国文献中，"白刃"二字成了常用词。将铁的硬度炼到近乎钢的水平，所谓的"白刃"才会出现。用鼓风炉提高冶铁温度，这一技术产生的最大影响不在铸剑，而在铸造出大量铁制农具。依《山海经》中的说法，中国有3690座铁矿，就算打个折扣，数量依然惊人。要铸铁，除了挖矿取出含铁的矿石之外，还需要能产生高温的燃料。战国时期一项重要的变化，也就是《孟子》描述的"童山濯濯"，原本长满树的山上已是空荡荡、光秃秃一片。为什么会这样？因为"旦旦而伐之"，冶铁需要树木作为燃料，需求大增，不得不大量砍伐山林。

有了优质的铁，生产优质的铁钱当然不在话下。

秦朝建立后，确定了国家金融政策，规定黄金为上等钱币，铜钱为下等钱币。《汉书·食货志》说：

秦兼天下，币为二等：黄金以溢为名，上币；铜钱质如周钱，文曰"半两"，重如其文。

秦末之际，刘邦曾赐谋士张良黄金百镒。古代一镒为20两。刘邦登基后，为感谢大家行君臣之礼，一次就"赐黄金五百斤"。不难看出，西汉时期黄金赏铸量很大，这些黄金同时可用来买房、买马、购车船等，用于大额支付结算。

史学界认为，魏晋之后，尤其是从宋、金开始，盛行使用银子。明代文学家于慎行在其《谷山笔麈》中称："宋始用白金（白银）及钱。"实际上，南北朝时期已然使用白银为货币了。

马克思有一句十分经典的著名论述："金银天然不是货币，但货币天然是金银。"没有发行过流行于全国货币的大宋，让金银等贵金属，天然充当了国家货币。为此，大宋曾颁发过《伪黄金律》，把黄金看成法定货币。不过，等到白银地位日升，逐渐成为事实上的"一般等价物"后，银子便成为通行和风行的"硬通货"。

词条 大蜀通宝

铸于明德元年至四年（934—937），青铜质，小平钱。直径2.21—2.4厘米。面文"大蜀通宝"，楷书，对读。有平背、面星纹等类。后蜀（934—966），又称孟蜀，五代十国之一。公元925年，后唐攻灭前蜀，不久中原大乱，后唐庄宗李存勖被杀，李嗣源夺得帝位。时任西川节度使的孟知祥训练军队，割据蜀地，平定叛乱，整顿吏治。后唐长兴四年（933）封孟知祥为蜀王。次年（934）孟知祥在成都建国称帝，年号明德，国号蜀，史称后蜀。大蜀通宝、大蜀元宝均为五代十国时期后蜀高祖孟知祥所铸。北宋曾巩《隆平集》卷12《孟昶传》记载，后蜀铸行铁钱，是为了筹集军费以准备抵御后周的进攻："（孟昶）闻世宗来秦凤，始有惧意……多积刍粟，以铁为钱，禁民私用铁，而自鬻器用以专利，民甚苦之。"唐末五代时，天下大乱，群雄割据，各自铸币。大蜀通宝小平形制，青铜质地，谱载有大小版式二三种。属于国号钱，工艺和制作技术比较出众。大蜀通宝铸期短，铸时紧，铸量少，所以极罕见。曾经被授予"中国古泉五十名珍"之称号。

第4章　王昌懿和他的"交子铺"

北宋，一个"缺钱"的朝代

> 行路难，行路难，
> 有飞钱，方便换，
> 商贾至京师，委钱进奏院，
> 轻装趋四方，合券乃取换。

一段韵味十足的四川快板声中，商人们出现在大宋的天幕之下。

这是成都交子金融博物馆内，以特殊的3D方式，再现了千年前的一幕。

时代变迁，战乱频仍。盛唐之后的中国，朝代走马灯一般变幻莫测。五代十国昙花一现。百姓手里的钱还没捂热，又变魔术般换成新的钱币了。唐代盛行一时的"飞钱"早已烟消云散，后人不知为何物。

都是信用危机惹的祸——新上任的皇帝，新发的货币，百姓不信任，很多地方甚至出现以物易物的原始交易状态——对等交换，双方放心。

"是耶,我也为钱荒事犯愁哩,照此下去,生意怎做?"

"我左思右想倒也琢磨有一计画,用钞券,乘官家还未来得及铸铁钱,把商贾黎众尚存的铁钱给调用出来,不就活络得市场?"

"这倒是一个好办法。"

"今使川界铁钱,每用十贯,就重六十五斤,既换大钱一贯,亦重十三斤。买一匹罗,也得两万枚,车运重达一百三十斤铁钱方可,确值轻量重。"

"倘使钞券,焉不就减负铁钱之重——既去却了极不便携持、人搭车载的烦恼,还实易由人藏带在身,且不被歹徒劫盗者觊觎,无脚贸易行,利使钞券益处,可谓胜过铁钱千百倍!"

这个自言自语的人,名叫王昌懿,1022年的成都市场上,一位颇具名气的商人。

搬钱如搬山。望着堆积如山却越来越贱的铁钱,面对来来往往熙熙攘攘各路商家"沉重的脚步",王昌懿和他的商业伙伴愈发苦恼——用钱买商品,钱比商品还重。这不是天大的笑话吗?是买商品还是卖钱啊?这"沉重的现实"何时改观?

王昌懿焦急得欲制一式钞券,以破解贸市钱荒之困局。

按说,宋应该是一个十分"有钱"的朝代。从建立到灭亡历时319年,宋朝虽可以说是历代王朝中最弱的朝代,长期遭受辽、西夏、金、蒙古等国攻击,也分别与这些国家签订过盟约,每年都要进献大量岁贡,但宋代的商品经济尤其发达,以下4个数据可以管中窥豹:宋人口最多时是唐朝的两倍;垦田面积最高时有1400多万顷,也是唐朝的两倍多;粮食总产量过千亿斤,同样是唐朝595亿斤的两倍；赋税收入则是唐朝的十倍。

就是这样一个世界最富的国度，却被钱荒问题困扰始终，深陷商品经济高速发展时代的金融困局，成为中国历史上最"缺钱"的朝代。

这一奇特的现象，很是值得后世深思。

所谓钱荒，指的是市场上流通的货币数量不足，无法满足正常的贸易需求，以至于"钱重物轻"。钱荒本质上是通货紧缩，市场上流通的货币不足。这在中国历朝历代并非新鲜事，早在东晋，就同样出现过类似现象。《晋书·食货志》载："晋自中原丧乱，元帝过江，用孙氏旧钱，轻重杂行。"早期的钱荒大多是由朝廷出现变乱、货币发行不足造成的，一般来说范围小，时间短，影响力不大。

甚为奇怪的是，北宋的钱荒，却不断在太平盛世上演。

宋代经济的繁荣让后世羡慕，虽然无力战胜西夏与辽国，导致陆上丝绸之路的断绝，但海上丝绸之路的繁盛却远超唐代，民间贸易也欣欣向荣，势头迅猛。

从宋代商税的数据，我们可以一窥其商业发展状况。景德中商税收入大概450万贯左右，治平中商税收入就增长到846万贯，熙宁十年（1077）为1104万贯。

主张儒者应"以理财为本"的宋代学者王柏，在《鲁斋王文宪公文集》一书中，也提到：

今之农与古之农异。秋成之时，百逋丛身，解偿之余，储积无几，往往负贩佣工以谋朝夕之赢者，比比皆是也。

证明宋代农民在非农忙时节做工的现象十分普遍，这也是商品经济活跃的表征。

所有这些，都需要足够的流通货币作支撑。

通俗地理解，钱荒就是钱少。既然市场缺钱，那就向市场投放更多的货币，这可以说是最简单的解决思路。

以宋神宗元丰年间为例，《宋会要缉稿》就对朝廷发行货币总额有详细记录："（元丰）年铸钱五百九十四万余贯"。据后世考证，以同样繁荣的唐代为例，其铸钱最多的年份为 30 万贯。按这个数据计算，北宋货币发行量超过唐代 20 倍以上。高聪明所著《宋代货币与货币流通研究》，总结出北宋时期的铸钱数量，咸平年间每年铸钱数额超过百万贯，高峰期的熙宁七年到元丰八年，12 年间铸钱达到 5400 万贯，年均铸钱 450 万贯，而唐时每年铸钱不过 30 万贯。

由于大量的钱币没有进入流通，纷纷进入了府库和私人库房，这些理论上已经远远超过正常贸易所需的货币数量，仍不能解决钱荒。

至北宋末年，大宋总投放货币高达 6 亿贯之巨。古人习惯把 1000 枚铜钱穿在一根绳上，称为"一贯""一缗"或"一千"。这意味着，北宋一朝铸造的铜钱达 6000 亿枚。时至今日，依旧经常有成吨的宋钱，从地底下被挖掘出来。

钱，还是不够用。

当下，钱币匮乏，亏缺甚广致钱荒，已给商贾经纪，俨然掘下一道难于逾越的天堑鸿沟，众商家心中恐慌……怎办？

此际，皆一脸焦虑神色，无可排解得愁绪的众商家亦是唉叹声气一片,纷纷言来心中空落落的,有甚好谋策?

随下,王昌懿对众坐着,随即手举一张描有图案泛黄的纸,道:"这乃范副团头有位尊祖在唐做高官时节留下的'飞钱',我思量好久,忖付依此票样画葫芦,应变制下我等商贾使的钞券,许能渡过此钱荒危机,重新焕发出成都商贸的生机,未知众位意下如何?"

他这一说,座间人怎不欢喜,从他手中接来"飞钱"传之,好好赏看一阵,吐言纷纷,皆为赞同,无有异议。

然众疑问的是,此币革法,如何行施?

这是成都作家李有勋创作的长篇小说《大宋蜀商》中的一个片段,小说采用宋"平话"中的话本体裁,聚焦世界第一张纸币在成都诞生的过程。

世所公认,交子为纸币鼻祖,是世界货币史上最伟大的变革。

成都自古是一座以商业繁荣著称的城市,这里的人们似乎先天具备商业基因,经营意识很浓,故而大多是"做生意"的好手。作者以历史的笔调,还原了宋代成都商人的经商情况。

苦于越来越不值钱的铁钱十分笨重,携带极其不变,王昌懿正苦思冥想如何改变这一现状。李有勋在《大宋蜀商》第十八回中,以"仿飞钱创制交子"为题,详细描绘了这一生动的历史瞬间:

范祥轩赞同道:"好是好,我思量若创制泉币之钞券,得有个样的,便仿制得端好。可哪去找这样换钱的钞券呢?"

王昌懿道:"昨日间,我闻兄长之小妹讲,尊府上……敢问兄长可否有那张钞券样？"

范祥轩听这话，目珠几转遂得忆及，欢喜地回道："像是有的那样钞券，我刻就取来给你兄弟俩观之。"

须臾，他从内房中走出，手中抱得铮亮樟木髹漆小箱一个，放置于凳几，道："这箱可贵重了，是过世父亲从祖父手上接过的，不知传过多少辈……"

说话间，他持小钥匙启开精巧铜锁。俩兄弟走近，即瞧之。

范祥轩从箱内面上取出范氏族谱书置一边后，再往下将约长四寸许的玉板，其上嵌接对称六条金饰鲤鱼的物件拿在手中自豪地道："听父言告，我家有位一百九十年前先祖尊名景灏，唐宪宗时由进士任剑南道正三品副节度使，缘屡建功勋，这紫金鱼袋乃皇帝赏赐，所作身佩饰。"

说罢，随下在箱底又取出一书，上有题签《犟牛河渚志》，又道："景灏先祖许有值得他笔记之人物事件的习惯，又忐喜故土犟牛河之乡野，缘就成篇相汇在这《犟牛河渚志》中。"

他翻开书页，两人果见内有一纸图样折叠放其里。

取出，铺展于几上。始见这并联一张，共约长八寸、宽有六寸纸面上有铜钱、边见龙纹饰图，印"大唐便换。院字第××号。×××存纳铜钱千贯于上都知进院。剑南道节度使之衙署见此凭据，按贯割收四十文作贮运耗费，即贯依九百六十文计。一概总付。宪宗元和二年×月×日签"等字，并上盖圆形铜章，红印字乃"上都知进奏院印"与并联纸间骑缝有"合券"二字。

翻其纸背面钤印得一方红私章"范景灏印"，还有其草体"范景灏"三字。

这确是一张唐朝纸票铜币存取、换兑的钞券，王昌懿大喜过望，问道："你先祖何有这钞券？又怎地使用？"

范祥轩亦不甚了了，道："打从父手里接得这箱，只听得有这纸票之事，但不晓其来由，再言平日里无事，也未去翻这箱子看。我委实也不知这尚须填空缺字的钞券来历甚的。"

王昌懿思忖，心想这位唐时高官有述录事项的《蘖牛河渚志》在此，端的就不会其中藏有蛛丝马迹呢？于是，他就即拿得这书，逐页翻看得仔细，豁然见一页日录事中，记述意思清楚，言他时作副节度使兼上都（长安）知进奏院之进奏官。

自古有云，活人不能让尿憋死。可以说交子的诞生，正是当时的社会和政府倒逼出来的发明。没办法，要生存，就得想出生存的办法。此时的交子，可以看作非常时期，蜀人自救的一种策略与智慧。

词条　交子的创造者

交子在民间的产生，经历了单个交子铺到十六户富商联合发行的过程。宋代史学家李焘称："初，蜀民以铁钱重，私为券，谓之交子，以便贸易，富民十六户主之。"（《续资治通鉴长编》卷101"天圣元年癸卯"条）其具体的情形，宋人李攸在《宋朝事实》卷15《财用》称："始，益州豪民十余户连保作交子，每年与官中出夏、秋仓盘，量入夫及出修糜枣堰丁夫物料。诸豪以时聚首，同用一色纸印造。印文用屋木人物，铺户押字各自隐密题号，朱墨间错，以为私记。书填贯不限多少。收入人户见钱便给交子，无远近行用，动及万百贯。街市交易，如将交子要取见钱，每贯割落三十文为利。每岁丝蚕米麦将熟时，又印交子一两番，捷如铸钱。收买蓄积，广置邸店屋宇园田宝货。亦有诈伪者，兴行词讼不少。或人户众来要钱，聚头取索印，关闭门户不出，以致聚众争闹。官为差官拦约，每一贯多只得七八百，侵欺贫民。"作为最为翔实的交子起源文献，这里详细论述了交子的发行和流通原则，并指出交子产生的直接动因，是当时益州流通的铁钱携带不便。揆诸历史事实和货币形态演进的规律，交子在北宋四川的诞生，是经济发展、技术革新、成都铁钱专区的货币条件和信任网络综合作用的结果。

与"飞钱"无缝承接

这里所说的"飞钱",已是北宋两百多年前的事了。

唐代产生了对后世影响甚大的"飞钱"。形象地讲,凭纸券取钱而不必运输,钱无翅而飞,故曰"飞钱"。唐宪宗时期,全国各地的商人到了京城之后,往往将他们在京城进行贸易得到的钱,存放在各个地区的驻京办事处,或者是来自各地的、常驻京城的富家那里。这些驻京办事处或富家收钱后,便出具一个凭证给存钱的商人,称为"牒券"。《新唐书·食货志》载:

> (宪宗)时,商贾至京师,委钱诸道进奏院及诸军诸使富家,以轻装趋四方,合券乃取之,号飞钱。

这种牒券分为两半,一半由寄钱的商人收存,一半由收取钱币的进奏院或私家寄往本道或外地的相关机构或人家,商人便可以轻装上路,到了取款地点,合券核对无误,即可如数取回自己的钱款。

这一方法降低了商人从京师带钱回家的费用、劳累和风险,也方便了地方政府送钱到京师。

货币需求量的增加和货币供给量的减少——这一对矛盾积累

到一定程度的时候，飞钱就产生了。飞钱实质上只是一种汇兑业务，本身不介入流通，不行使货币的职能，不是真正意义上的纸币。

唐朝中期，国内外贸易日甚，铜钱流动加速，甚至大量外流，货币短缺明显。除此之外，唐时佛教鼎盛，铜多用于铸佛像，用来铸币的铜减少。加之朝廷实施"两税法"政策，将农业赋税简化为地税和户税两种，地税征粮，户税征钱。如此一来，更增加了民间对货币的需求量。

由是，钱荒出现——这是一个比较奇怪的现象，百姓富了，手里却没有钱。

为了填补铜钱的空白，飞钱应运而生。

如果看得长远一点，就会发现它是一千多年以来民间最大的金融创新，代表着民间社会对中央集权式的金融体系的反叛，也解决了从汉代以来一直困扰着民间的问题——钱荒。

自从汉武帝将铸币权收归国有之后，政府的低效就一直让民间缺钱。中国古代，把这种现象叫作"钱荒"。所谓钱荒，专业地讲，就是指与经济规模相比，铸币的数量总是不足，而铸币的质量也总是持续低劣。

每个朝代之初，货币质量是最高的，但由于政府的造币能力不足，铸造的钱币数量有限，人们无法找到足够的货币进行交易。到了朝代末年，所谓的铜钱大部分都已经不是铜了，而是铜、锡、铁和各种合金的杂合体，甚至脆弱到一摔就碎的地步。

政府通过铸币从民间抽取了过多的资源，却总是生产不出足够的货币数量。以唐为例，唐代已经是一个商品经济发达的时代，《新唐书·食货志四》告诉我们，唐代的货币数量却一直不足，政府没有能力铸这么多钱，却又禁止民间铸造。于是，民间只能偷偷地铸钱用来交易。唐代的钱币是唐高祖发行的开元通宝钱，每一千枚钱币重六斤四两。民间铸币质量要差得多，他们只能偷偷地跑到山里，用小炉子熔化铜块，钱模的质量也比不过官钱。由于缺钱，民间社会就连这样的钱币也一样接受。

唐高宗时期，民间的私铸行为已非常严重，他下令不准恶钱流通，却屡禁不止，只能听之任之。唐玄宗时代，宰相张九龄曾经提议放开民间铸币权，政府只关心钱币的质量，只要质量合格，不管谁铸的都可以流通（因为铸钱同样需要相应的原料，这也是相当大的成本，不像今天的纸币）。《新唐书·食货志四》载，开元二十二年，宰相张九龄建议：

古者以布帛菽粟不可尺寸抄勺而均，乃为钱以通贸易。官铸所入无几，而工费多，宜纵民铸。

如果张九龄的办法得到采纳，那么民间铸币的质量会提高，钱荒也会缓解。面对无奈的现实，皇帝还是有些担心，仍然没有采纳张九龄的建议。

随着唐代商业的发展，即便把民间铸的不合格钱币都算上，仍然满足不了金融需求。民间社会在没有办法的情况下，只能使用帛来进行交易。在唐代，几乎家家户户都养蚕和织帛。帛是一种最常见却具有一定价值的商品，同时也是政府接受的一种纳税工具。

久而久之，帛也成了一种民间接受的货币，在没有铜钱的地方，人们就自行解决交易问题，用帛来代替铜钱。只是，帛并不是一种良性的货币，它的保质期是有限的，时间太长就会变脆和损坏。它也不具有无限可分性,分割过小就失去了使用价值。

安史之乱后,到了唐宪宗时期,现金更加缺乏,人们手头有了铜钱也舍不得用掉。政府要求人们不得私自将铜钱贮藏起来,除了留够手头花的钱,其余的钱都要上缴,用这种办法逼迫人们将铜钱留在流通领域,而不是藏在家里的地板下。

活人不能让尿憋死。民间为了对付铜钱短缺,发明了将一吊钱扣除八十文的做法,如果在交易中付现款,一吊钱只用付九百二十枚,打九二折。

由于铜钱过于难得,唐代后期的各个地方政府还都采取了限制货币流通的方法,规定商人不得携带钱币离开辖区。商人的天性就是使财富流动,当他们无法把钱在全国进行转移时,商业就受到了抑制。

这时,民间就发明了一种规避的方法:飞钱。

人们在成都把钱交给当地的汇兑商,由汇兑商颁发一张凭证,拿着这张凭证,就可以到长安的汇兑所取钱。人们不用再带现金离开,避免了路上关卡的阻拦。

飞钱的出现,可以说是民间利用技术手段,突破行政管制的一次有益尝试。这也为后来交子的诞生,提供了借鉴。

飞钱也是经济逐渐繁荣的产物。有唐一代,由于经济的发展,人们经济交往的信用逐渐养成,其经济交往形式也随之丰富起来。

飞钱运行之前,起初是政府与民间的信用,是从"公廨(xiè)本钱"开始的。

公廨本钱起源于南北朝隋唐时期。当时官府为弥补办公费用和官吏俸禄之不足,将一部分公款投放到商业活动或高利贷活动中，所获取的利润部分，充当官署公费和官吏俸禄或津贴。这一设想始于北朝，历经隋、唐两个朝代，并逐渐由潜规则形成显规则。隋文帝在开皇十四年（594）改给职田。"职田"亦称"职分田"或"食租田"，政府按官职品级授给官吏作为俸禄的田地，即以租田收取的租粟为俸禄。但由于操作起来有一定难度，仅仅过了三年时间，又恢复为公廨本钱。

唐高祖时期，制定文武官吏俸禄制度，武德元年（618），由各州令史经营，每人以五万作为本金，交商人经营，每月利息约4000文，年息约和本金相等，所收利息分月按人发给，名为"月料钱"。

因为有政府的直接参与，信用借贷形式的公廨本钱，保持了较为长久的生命力。商人获利，乐在其中。起初的飞钱游戏，只在官府与富商之间玩。随着飞钱越来越普及和成熟，人们慢慢地也广泛接受了这一游戏规则。因而出现了官办和私办两种。

官办，以设于京城的"进奏院"为主。商人把钱款交给各道驻京的进奏院，由进奏院开具发联单式的"文牒"或"公据"，一联交给商人，另一联寄往本道。商人与节度使派遣在京的进奏院交涉完后，就可凭据随时随地兑换现金。不仅安全，还免去诸多麻烦与劳顿。对此，《国史旧闻》有甚为形象的总结："商人纳钱京师，可少慢藏之患；地方纳钱中央，可省转搬之劳。"

私办，系一些大商人凭实力开设一个金融机构，向不便携款远行的商人发放票据，商人可凭此票据在私商所开的联号取兑。由于进奏院所办的飞钱收取手续费，比如元和七年，每千钱"便换"收取汇费达百文。这给了私商很大的转圜空间，他们受理的飞钱是平价汇兑，不收汇费。古时交通不畅，加之边地路途遥远,合券付款最短也往往在两个月之后。精明的私商正是看到了这样的"时间差",看似不收取汇费,实则靠其间的利息,获取收益。较之官办,更有吸引力。

据现存的史料看,使用飞钱的商人一般都是从事茶、酒之类的官榷商人。其区域主要在江淮两浙一带,次为蜀中地区。

让我们接着看《大宋蜀商》给出的故事:

后文详细记载如下:

是日里,有故土乡人、成都之商贾姓名刘发到院找我,得之相见。

且言他的十大车丝绸将于长安即刻卖得,忖定将其大拨钱亦运入进奏院之财库,他便空手转回剑南道节度使治(成都)去取,少得车载马驮重钱之累赘、遭打劫等烦恼,须托我早备下"飞钱"钞券,随到取用。

我信之,即就从院官署处领得此"便换"凭据。可过许多时日,未见刘发交钱于帑库。后我忙于公干事务,这"便换"忘了交回院署。在我告老还乡时际,清理物什时,才又重见此纸物。

此"飞钱"为历朝历代开先河的钱币制度革变之官家品物,恁地端贵重的,不可弃之,专留珍藏,云云。

王昌懿等三人见得此纸物,方知乃是唐代所谓的"飞钱",皆大为高兴。

王昌懿喜言:"范兄台,你这位上尊先祖好似替我等先预备着的,真有造化。有此'飞钱',就依其样变化而制钞券,贸易流通起来,成都钱荒将克期遁去。我想今借下你手中这张先祖珍存的'飞钱'一用，你我择日召集商团各业之首要行户，当众言明制作钞券之紧要之大事，便共同定夺，你看如何？"

范祥轩回言："这端的好。此'飞钱'能为我等商贾借得灵光，制出钞券，物尽其用，有何不可哉？你拿去就是了。"

王昌懿怀揣下这纸"飞钱"。

仅隔几日，范祥轩、徐庆泽、苹经济、盖陶、宫达、游占元、覃大锤、柳青钱、屈子春与才入商团的"七宝作坊"的朱彧等十二三号行户，俱相聚在泉潭商号之广厅，以商议如何应付得这来势如洪水猛兽、形如天塌地倾的经济祸灾。

王昌懿见相邀之商贾均已到齐，开宗明义道出了目下铁钱流转太少，使黎民生业物产式微，贸易难畅，货物流通塞堵，而商贾亦难企及获利，甚至一些店铺之生意已到难以为继的边缘之境况。

随之，他大叹一声，又道，钱荒，此真使得商业厄运突降、生意危殆、市场凋零，令人是猝不及防。

词条　成都与交子

四川铁钱区的特殊货币环境是成都产生纸币交子的一大原因，作为宋人的共识，其合理性究竟何在？曾任官广州的南宋人杨冠卿称："皆曰蜀之铁与此之铜一也，而不知其二也。愚闻蜀之父老曰：铁之为质，易于鹽坏，不可以久藏如铜比也。是则铜者，人之所贵；铁者，人之所贱。故蜀之铁与楮并行而无弊。"（《客亭类稿》卷9《重楮币说》）原来，铜钱和铁钱尽管有价值的高低差异，但都能充当流通手段。问题在于，就币材的性质来看，铁钱易于腐蚀锈坏，不能持久保存，难以实现铜钱所具有的储藏价值功能。正是由于铁钱只能承担流通手段职能的特性，本身的低价值更加接近无价值的纸张，所以货币使用者更易于用纸张来代行其流通手段职能，实现货币的符号化。南宋爱国将领李纲称："窃谓交子之法，行之于四川为有利，行之于他路则为灾。四川山路峻险，铁钱脚重难于赍挈，故以交子为便……"（王瑞明点校《李纲全集》卷104《与右相乞罢行交子札子》）在李纲看来，四川道路特别艰险，铁钱的价值又更加低贱，凸显其难于携带的缺陷，所以四川适于使用纸币。

王昌懿是谁？

　　提及交子，就不得不提及它的诞生地成都。追溯北宋蜀地商贾榜样，就不得不提及北宋初期交子铺户之一——四川成都富商王昌懿。王昌懿是与交子有关的富商中，唯一留下真实姓名的历史人物。其余的富商都在"等"的行列，湮没于历史的尘烟中。

　　王昌懿是谁，干了什么？本应有传奇人生史料，却无可寻觅之迹。因为年代太远，也因为历代朝廷"轻商"，一般的商人几乎难以留下只言片语。所以，能有王昌懿这样一个"符号"留存下来，已经很不容易了。

　　古往今来，都云成都是一个商贾云集之地，商贸繁荣的基础是商人——蜀商作为一个群体，在历史上却鲜见有能让人记住的名字作支撑。远远不像晋商、徽商等商贾群体，晋商、徽商可以开出一长串名单，列阵一般塑起商贾群像。而蜀商，更多的似乎只是一个空洞的概念，里面的内容乏善可陈。

　　《大宋蜀商》将交子发明人、蜀之儒商王昌懿作为主人公，重点放在北宋前期，以王昌懿为首的蜀商群像的人生轨迹为主线，以独特视角揭秘"私交子"产生过程。不仅填补了这段历史的空白，更让人们刷新了对"蜀商"二字的认知，让我们从另一个侧面，了解到大宋时代的经济生活和社会百态。

王昌懿见众皆一统思想，脸上阴云一扫而光，心甚快慰，即叫座上王昌武、王昌德快马著鞭，各去相请府城宏泰刊刻坊的相延阁、尚龙抄纸场之封本瑾二位行人到厅上议事。

趁时，王昌懿将交子草图样从怀中掏出，传给众人看毕，回得手中道：

"我算计欲作得此两并联制、朱墨间错印制的钞券——'交子'为媒介，以应抱布贸丝，逐群涌浪之商贩之贸易、市肆流布之急需。两联间，须仿得飞钱的式样，得写'合券'二字，即交子铺户见另半张交子，相合得铺户所存的半张，即必付钱。

"所制一式两张的联券，其半张交子长、阔各八、六寸许，上印之是施朱色，皆我大宋铁钱之图样，横列二排，共十枚，喻示交子换得市行铁钱，为持交子者无疑惑。

"紧接其下，显'益州交子'四字亦为朱色。此又其下，交子铺户名谓，可择二字为宜。即中间部分印字'××字第×××号'，如我行户之交子铺，取其'泉潭'字为铺户名，则为'泉潭字第×××号'。

"然其填写题号数字这事最为紧要，其字章法各家不拘，自成一体，保得他人无法辨认，单为开交子铺户上主事人识之，为防诈者作伪，须慎之作得隐秘题号。

"续接之是'存纳铁钱×贯于×××××'字，这不同于唐飞钱，须填上见存者姓名，此皆因我等收贮之钱，不限之两者间一收一付这怎地有干系般的简单，于旁人无涉耳。

"它的最大厘革之处就在此，为可在数人间转圜于市，确使之似铁钱而自由流通。

"为便交易，单张交子所填铁钱之数额是一至万贯之不等数字。后填上所制发交子铺户名，具上收贮贯钱之'××年×月×日'之期字。

"接上，图样纸字迹齐备后，于下印字乃是'券钱相权。券合即付铁钱。每贯割耗纸墨、帑屋、夫丁等用费用之利三十文于私家铺户'与'交子铺址：×××街×××巷'。

"为使得交子更具贸易之媒物形象，为大家喜爱，其最下端的朱色印绘之丰盈物储屋木夫、丁夫几个来往扛搬之景状。交子三边再绘印云纹、底边海景的朱色图案。交子中间部并骑缝处须各铃下铺户朱印，端的示于人之郑重践诺之征象。"

有专家考证，"交子"二字，取名为北宋时四川的一句俗语，"交子"有交合之意，即"合券取钱"。究竟具体有怎样的"俗意"，我们今天的四川人已经很难精准地解读了，大意却相差不离，即交子——交在子时，子时是什么时候？明天！子时一过，明天来临。太阳天天升起，明天就是希望。

"裂纸为币""交行天下"。

交子其名，看似四川一句古代俗语，却隐含的是一种寓意，一种期盼。而李有勋在《大宋蜀商》里，通过王昌懿之口，从历史深处找出处，将交子阐释得甚为合理。

这种语境下的交子，就显得厚重，也更能体现出独特的蜀商文化，那就是从里到外都凸显一个"信"字。在商海里摸爬滚打的人都知道，人无信不立，同样，商无信寸步难行。

我们知道，中国原本没有市民概念。即便有，也不同于西方的市民或古希腊的公民。古希腊公民是城邦里的人，西方的市民是城市里的人，中国古代的市民却没有那么简单。这些人在历史上更为常见的称谓，甚至不是"市民"，而是"市人"。易中天先生曾形象地说，市人就是商人，因为商业场所（市场）和商业活动（买卖）都叫"市"。只不过，按照"行商坐贾"的分工，只有长期在固定商业区从事交易的才需要向政府登记。固定商业区就是市井，这样的人就是贾人，他们的户籍叫市籍，带有明显的身份歧视意味。

列入市籍的，甚至世代不得为官。能做官的是士人。宋代将这种"身份歧视"取消了，没有了市籍，征收交易税的机关也移到了城门，整个城市在法律上都被看作了商业区，所有的城市居民便都成了市民。

可以说，人们从事商业最初的信誉，就是抵押信用，最为我们广泛所知的，是典当行的当铺。早在汉代时，典当在成都就已经非常普遍，当时司马相如曾把自己穿的袍子拿到集市上阳昌家里去赊酒，有了钱以后再去把它赎回来。

当铺生存的两千多年间，历史上有多种不同的称谓，比如典铺、解铺、解库、质舍、质库、长生库、解典铺、解典库、抵当所等。因为这个行业本身的特殊性，通常以"蝠鼠吊金钱"为符号，蝠与"福"谐音，而金钱象征利润。

古时，成都当铺的柜台都要高于借款者。借贷者来到当铺时，需要举起抵押品。基于此，接待员被形象地称为"朝奉"。当铺有一定的私密性，为了顾客的隐私，大门与柜台间有一木板称为"遮羞板"，有"票台"和"折货床"以进行交接手续。典当物品的人到期偿还抵押价款，付给利息，取回典当物品。

唐宋把当铺称为"质库"，因社会经济日益发展，质库亦随之发达。富商大贾、官府、军队、寺院、大地主纷纷经营这种以物品作抵押的放款业务，同时还从事信用放款。

自唐始，还出现了"柜坊"这一专营钱币和贵重物品存放与借贷的机构。柜坊又有僦柜、寄附铺、质库、质舍等名称。严格而言，柜坊是由邸店衍生而来的，唐玄宗开元初年（713）已出现。经营的业务是代客商保管金银财物，收取一定的租金，商人需用时，凭帖（相当于支票）或信物提取。

唐宋时期，京城收受保管商人钱物的柜坊很多，有的商民在柜坊存款往往达百贯、千贯、万贯，甚至十万贯以上。这种"帖"上写明付款数目、出帖日期、收款人姓名、出帖人姓名，具有与现代支票相似的性质，堪称世界上最早的支票。

存户将钱存入柜坊之后，还可以不必自己去存取，可凭帖或其他信物令第三者去取钱物。

有专家认为，柜坊的功能，已具备了最早的银行雏形。不难看出，从质库到柜坊再到飞钱，其信用形式与复杂程度，都在层层递升。借贷、抵押典当、柜坊保管和汇兑信用，都得立字为凭，这种债务凭据就成了信用票据。以"信用"二字为基础的内部底层逻辑关系，是十分严密的。它们的存在无疑是对金属货币的挑战。如果说质库、柜坊、飞钱是信用货币的"1.0版本""2.0版本""3.0版本"的话，进入到交子阶段，则是纸质货币一次革命性的飞跃。

中国人民大学教授何平先生在分析交子唯独产生于中国成都地区的原因时也认为，除了铁钱专用的压力起到的推生作用之外，四川相对封闭地域之内茶商集团的信任网络，是交子替代铁钱行使流通手段职能的关键条件。充当流通手段的交子纸币的产生，与其说是市场规范的产物，不如说是四川专用铁钱的特殊货币环境下，当地社会规范作用的结果。正如宋代学者马端临所说：

　　自交、会既行，而始直以楮为钱矣。夫珠玉黄金，可贵之物也。铜虽无足贵，而适用之物也。以其可贵且适用者制币而通行，古人之意也。至于以楮为币，则始以无用为用矣。（马端临《文献通考》）

　　交子之所以首先出现在四川特定地域和特定行业（茶商），在于已经形成了"以无用为用"的信任网络这样的制度机制。

　　为交子行使稳妥无变，市之徒难予伪造，在用使之时际，般若唐飞钱，再得有自个铺户掌柜之笔墨具名，且又依表里印记之序又钤之铺户、掌柜姓名之印……

　　……将相延阁、封本瑾二位工刻印、造纸技艺掌柜相请至厅，坐下。

　　王昌懿便将众议定创制交子之事告知二人，递上交子草图样，道："烦请二位大匠详看，能否制此交子？"相掌柜将图接在手，笑道："可的。王大掌柜粗图样画的精细，我制雕版时，再依图修琢，不会走样的。木刻版用楠木作材，耐久用，不易龟裂走形，其朱、墨间错得分刻两个版，一用朱色、一用墨色，先印纸上墨色版，次印纸之朱色版，一番印毕，遂成存、取并联交子。"

　　他讲罢，接之封掌柜言称："对交子之用纸仍还用前印泉潭长生库的典契般，楮树之材制的强韧细密、洁莹耐磨的最佳之黄纸，足供无错。"王昌懿见二人应下制作交子，遂打躬作揖，托言称："费二位多多费心劳力。"二掌柜还对王昌懿，起道："王团头不必多礼。制作交子，止得钱荒，拯救流通，复兴市贸，我等亦是商团行户，本就应为团之众商贾出力，不会误事给出差池的。"

　　随后，王昌懿询问众商贾，拟开交子铺户有几家？径直就乘时机，请报之名号，以便当作二大匠面儿，确切实签下制造交子之契约。大家忙着一阵紧思忖，相互议商，有的思量本钱丰，挣个独家门面，除王昌懿诞得"泉潭"字号外，有范祥轩的叫"天回"字号，徐庆泽称的是"徐记"字号，盖陶定的是"鸿康"字号，莘经济谓的乃"锦官"字号，宫达名的是"沁心"字号，屈子春称的是"津运"字号，游占元的"雪盐"字号，朱彧叫"七宝"字号……有的却心虑家底簿些，由两个店坊相抱成团，议成一家，如卖药材的柳青钱与制铁器件的覃大锤合作，其名是"柳覃"字号……共诞生出十家交子铺户字号。

词条　交子与茶商

四川民间交子的最初登场，与茶商为中心的四川地域的信任网络密切关联。目前没有茶商参与交子发明的明确记载。如前所述，唐代后期"飞钱"的产生与茶商的茶叶贸易活动直接相关。宋人眼中导源于飞钱的交子，其流通与茶商活动的密切关联，也明确体现在宋人的文献中。时任右司谏的苏辙元祐元年（1086）二月在讨论四川交子的价值问题时称："蜀中旧使交子，惟茶山交易最为浩瀚。今官自买茶，交子因此价贱。（注：旧日蜀人利交子之轻便，一贯有卖一贯一百者，近岁只卖九百以上。）此省课之害，三也。"（李焘《续资治通鉴长编》卷366）可见，北宋四川交子的使用，主要集中在茶商的大额交易。而四川茶商集团活动的大环境，是地理上相对封闭的四川地区，在这个可以确定边界的范围内，打白条的行为易于发现，信任网络的特定活动易于达成目标。正是茶商团体内部的信任网络支撑了交子的发行和流通。在大额交易增长和铁钱轻贱不便的情况下，商人们创新推出纸币交子这种"一交一缗"甚至更大面额的货币。交子的最初使用，可能仅仅限于从事大额交易的四川茶商集团之类的商人范围之内。这种行业共同体的信任机制，是交子这种无价值纸币得以流通的制度条件。交子一旦作为独立的货币流通起来，它便具有了相对独立性，形成铁钱实体货币之外的一个力量，在服务大额交易的同时，也可能行使着弥补货币短缺的功能。

对人的考验开始了

最初的交子,是作为存款票据而存在的。宋李攸《宋朝事实》卷15《财用》载:

始益州豪民十余万户,连保作交子……铺户押字,各自隐密题号,朱墨间错,以为私记,书填贯,不限多少。收入人户见钱,便给交子,无远近行用,动及万百贯,街市交易。如将交子要取见钱,每贯割落三十文为利。

据此不难理解,最初的交子是由私人连保发行的,交子铺户的信用是交子流通的基础,交子的发行,是商人将现钱存入交子铺,然后领取到相应面值的交子作为凭证。

一句话,市场上有多少流通的交子,交子铺就有多少库存的现钱,以应付随时的汇兑。

李攸还告诉我们,这张交子上的数额是空白的,在存款时填写,通常存入交子铺的钱的数额都比较大,动辄上百贯甚至上万贯。

交子铺赢利的手段,是在收回交子、支付暂存的现钱时,收取3%的手续费。

这实际上与唐代的飞钱性质差不多,只不过飞钱是异地取款，且不收取手续费。因为铁钱笨重，不易携带，所以商人将现钱存入交子铺，代为保管。每次存取现钱需要支付手续费，而交子上只填有数额而没有注明存款人的信息。

存款凭据的交子演变为纸币性质的交子，首先必须树立存款凭据的信用价值。交子铺户多是资金雄厚、在商业界中有较高声誉的富豪。他们为了自身利益，自然要树立商业信誉，吸引更多的存款者和存款数额，以获得更多的利润。因此，他们一方面在收入人户现钱时在所填写的交子上印上木屋人物，由铺户押字，附上隐秘题号，使其难于伪造，防止冒领；另一方面又恪守信用，忠实地为存款者服务，做到随取随付。

这样使交子在商业界中建立了很高的信誉。随着存款凭据交子信用的确立，买卖双方为了减少用额小、数多、量重的铁钱支付大额交易的麻烦，为了减少保管铁钱的负担，为了节省每次向交子铺户存取铁钱都要缴纳3%的费用，开始直接用交子这种现金支票代替铁钱支付购买商品的费用。

交子的制度设计是科学的，收入铁钱便发放交子，实际是以"交子"作为相应数额铁钱的货币兑换券。交子的发行并不意味着铁钱完全退出流通，铁钱在流通中依然使用，为交子发行者的挪用提供了现实需求。

小时候看过一出名为《十五贯》的川剧，令我印象深刻。这个戏剧讲述了古代一个名叫况钟的清官，如何帮助两位贫穷的兄弟洗清冤屈，最终平反冤案的故事。长大后才知道，这出戏剧是根据明代文学家冯梦龙的小说集《警世恒言》中的一个故事改编而成的。

"贯"是个什么样的货币单位？"十五贯"究竟是多少钱？

因为年龄小，对钱没什么概念。

行文至此，查阅一些文献资料，方得知古代货币的计量单位，所谓一贯钱，就是1000枚铜钱，而一贯又可分为十"陌"，也就是每陌又等于100文铜钱。实际交易中，人们不会严格按这样的等价来兑换，往往不是"足陌"而是"短陌"，也就是把少于100文的铜钱当作一陌来用，因为币值太小，一般人会不太计较。久而久之，"短陌"获得了朝廷、民间的双重认可。至于"足陌"，则更多地写在法律条文上，比如"盗窃满五千足陌者，乃处死"。即，盗窃金额达到5万枚铜钱，判处死刑。历史作家杨津涛对此颇有研究，分析也很透彻，他根据史料如是算账：

依朝廷规定，77文为一陌，老百姓消费大都以75文为一陌。另外，在菜场、酒店、书画等不同行业，一陌所代表的具体钱数也有多有少。大致来说，一贯钱通常不过770文左右。

铁钱价值远比铜钱要低，常见的兑换比是10：1。

至于铜钱和白银、黄金的比价，按彭信威《中国货币史》的研究，北宋前期，一两白银等价于700—800文铜钱，也就是一贯；一两黄金大概值10000文铜钱，折合十三贯左右。程民生在《宋代物价研究》中透露，"北宋至南宋前期，维持一个人生命的最低生活费用，折合成铜钱是20文左右"。

由此算来，一贯钱约等于普通人一个月生活费。

十五贯，就是1万多元人民币。就是放在今天，也应该是一笔不小的数目。

历史长河中，金属货币的使用时间最为长久。从先秦到明清,制造虚价劣币的既有政府,也有民间。政府制造劣币是为了搜刮钱财,解决财政困难;民间制造劣币则是为了暴利。不足值的虚价劣币进入流通领域,足值良币就会被人收藏退出流通领域,或被人熔铸为更多的劣币进入流通领域。

不要以为人类发明货币的时间很早,就以为人类进入货币经济的时间很早。史载,公元前 3000 年的美索不达米亚就已经出现"货币"这个词,但是直到公元 17 世纪,亚当·斯密还提到,在某些苏格兰乡村,"常见一名工人不是带着钱,而是带着铁钉到面包铺和啤酒店去买东西";诞生了拿破仑的科西嘉,直到第一次世界大战后才开始进入货币经济;而早在公元 11 世纪就发明了纸币的中国人,到公元 17 世纪却又倒退回银锭时代去了。

人类不同地区进入货币经济的早晚,是世界经济发展不均衡的一个缩影。

这一现象长期反复出现,人们自然而然会联想到:既然不足值的虚价铸币能代替足值的铸币流通,为什么不能用其他材料作为铸币的符号,代替足值的铸币流通呢?这正如马克思所说:这个事实"隐藏着一种可能,在货币机能上,金属铸币可以由别种材料造成的记号或象征来代替"。

交子作为铁钱的符号和代表,正是受我国虚价货币长期存在的影响和启迪,而产生出来的。交子逐渐达到"无远近行用"的效果,活期存单支票性质的交子,在大宗交易中逐渐被当作货币行使。研究宋代财政史货币史的王申认为,这实际上完成了支票性质的交子向纸币性质的交子演变的决定性一步。

随着交子信用价值的确立和存款数目的增多,交子铺户发现存款者不会同时在某一时刻或短期内提取现金。随时可能有人来取款，但也随时有人来存款，对取款者的支出，可以用新流入的存款来抵消。

正如某段滚滚东流的江河，不断有河水流去，也不断有河水流进来，永远不会枯竭一样，交子铺户总是保存着存户成堆成堆的现款。特别是存款支票性质的交子演变为纸币性质的交子之后，经常到交子铺户提取现款的人更少，堆积在交子铺的现款更多。

对今天的我们来说，货币仅仅是一种记账符号，我们不会去想一张 100 元纸币或者微信支付里的 100 元数字，与具体货物之间有什么直接对应关系。但是对还没进入货币经济时代的人来说，货物的价值与货币的价值之间有着十分具象的联系，这就是经济学专有名词中，所谓"一般等价物"和"货币"的区别。

纸币同金属铸币的根本区别，在于纸币是没有实际价值的货币。本来，"金属铸币充当商品交换的一般等价物，它的名义价值与实际价值完全相符"。所以历代王朝铸造铜钱之初，都规定了铜钱的铜质标准和每枚铜钱的重量，以保证币值和货币信用的稳定。历史上著名的秦半两、汉五铢和唐开元通宝，开始时都是足值货币，名义价值与实际价值完全相符。

1733 年，一位在中国游历的欧洲人说：

中国最穷的人也随身携带一把凿子和一杆小秤。前者用于切割金银，后者用于称出重量。中国人做这件事异常灵巧，他们如需要二钱银子或五厘金子，往往一次就能凿下准确的重量，不必增减。

另一位更早来到中国的神父则记录说，中国人在腰带上系一个类似铜铃的东西，里面装着蜡块，用于收集绞下来的银屑。银屑积到一定数量，只要熔化蜡块便能收回银子。

想象一下，若你生活在当时的中国，采取这种付账方式，你会如何理解你手中的银两？自然，你不会把这些沉甸甸的需要分割的贵金属理解成抽象的、用于记账的数字，而会把它理解成一种特殊的、有价值的、专用于完成以物易物使命的商品。

这就是经济学上说的"一般等价物"。可对于今天的我们而言，要普及这些经济学知识，还得回过头去，进入想象的空间，方可有形象的理解。

"一般等价物"的最大问题是，它的原材料（贵金属）本身就是有价值的，将其价值抽象化，会受到铸币技术的限制。在货币经济还不发达的条件下，如果你发行一枚面值为"一两"的银币，但含银量却达不到币面价值，那么老百姓就不会信任你发行的银币。如果你强迫大家使用，最终结果就是遍布兑换银币与金银的黑市，如同某些国家兑换美元的黑市，货币体系很快就会崩溃。

对此，历史学者王喆伟举例，就好像一个人在市场上卖了一头牛，获得了三千铜钱，他手里的三千铜钱，完全可以让他产生"信用感"，他会十分踏实地感受到："我的这一头牛的存在"——只不过那是"名义价值"意义上的一头牛。如果你给他一堆"虚价货币"，哪怕是一个天文数字，他心里也会不踏实——凭什么"一张纸"就值"一头牛"？只是因为这"一张纸"没有在他心里建立起"信用"。

这，就是交子最初存在的意义和价值。

不幸的是，在古代社会，由于种种原因，中央政府对铸币厂的管理松懈，钱在流通过程中的磨损，民众用铜币对银币进行套利,也就是所谓的"劣币驱逐良币"行为,诸如此类状况总是一再出现。所以,学者张笑宇认为,在古代社会出现货币经济,是一件十分困难的事情。

王小波、李顺起义,无疑大大推动了交子交易的速度。因为王小波、李顺起义,以成都为中心的西川各州,基本上停止了铸造铁钱,导致市场上现钱减少,迫使商人寻求替代货币,而交子就在这一特定的历史时期,登上了货币的舞台。

经济学知识告诉我们,货币作为商品交换的一般等价物,与一般商品不同,具有"价值尺度、流通手段、贮藏手段、支付手段和世界货币的职能"。其中,价值尺度和流通手段应该为其基本职能。通俗地理解,货币起着一个杠杆作用,将商品交换分解为两个独立阶段,一端是卖的阶段(商品—货币),一端是买的阶段(货币—商品)。

无形之中,就使商家卖掉商品时,最为关注的是所得的铜钱——这个"价值尺度记号",能够买到多少其他商品,除此之外,他们不太关心铜钱的币质和重量。因而,足值的良币(比如货真价实的铜钱)出现之后,不足值的虚价劣币(比如偷工减料的铜钱)就会应运而生。

生意场上大家都心知肚明,也都知道交子是可以信赖的十足的"硬通货",且省去了收到钱后因携带不便,再换回交子的麻烦,利便双方,何乐而不为?

由是,交子就由存款票据,渐渐向货币转化。

随着时间的延续,对人的考验便开始了。有的交子铺便打起了小算盘,他们发现,并不需要持有全部存款数目的现金,而只要持有其中一部分现款,就能应付存户需要的支付额。"每岁丝蚕米麦将熟,又印交子一两番,捷如铸钱",因为有利可图,他们在没有收到现钱的情况下,就发行交子进入市场。

对交子铺户而言,堆积如山的银钱闲置无用,无疑是一种极大的浪费。长期经营金融业务的实践经验和商人追求利润的本性,驱使交子铺户必然挪用存款从事商业贸易。故而,有的交子铺将库存的现钱挪作他用,"收买蓄积,广置邸店、屋宇、园田、宝货"。更有甚者,设计制作出了"假交子"。市场上"亦有诈伪者",出现了伪造的交子。

无论是一个人,还是一种货币,一旦"信用"二字受损,危机便会悄然而至。

久之,由交子发行导致的经济问题便演变成为社会问题,这一社会问题得不到有效的解决,导致"词讼不少",告到官府,就会进一步演变成为政治问题。

钱粮和刑名是古代中国地方行政的基本内容,四川民间交子的使用不断扩大,发行和流通中出现愈发多样的矛盾和纠纷,必然引致官方的渗透和参与。马尔德鲁在研究16世纪英格兰所设计的缓解信用风险的信任网络时曾深刻地指出,正在形成的信任网络同时也在分解自身,它们开始更多依赖政府的支持。类似地,交子的大量使用和由此形成的风险,已经突破原有信任网络的功能边界,而这个原来催生交子诞生的信任网络,不得不被整合进朝廷议题之中。

稳定压倒一切。当一个社会因为某种原因出现了不稳定因素,会危及政权的时候,政府当然就会站到前台。政府一旦启动国家机器,交子的问题就不再仅仅是成都的问题了,更是大宋的问题。

事涉大宋江山社稷,当然皇帝要出面管了。

宋人李攸在《宋朝事实》中，列出了私营交子铺的基本流程规范："诸豪以时聚首，同用一色纸印造，印文用屋木人物。铺户押字，各自隐密题号，朱墨间错，以为私记。书填贯，不限多少。收入人户见钱，便给交子。无远近行用，动及万百贯。街市交易，如将交子要取见钱，每贯割落三十文为利。每岁丝蚕米麦将熟，又印交子一两番，捷如铸钱。收买蓄积，广置邸店、屋宇、园田、宝货。"这些文字比较清楚地说明了益州民间交子铺的产生过程。按照宋代省陌制的规则，一贯兑770文的话，每贯收取30文为纸币发行费，相当于3.9%的铸币税。每年蚕丝、米麦收获之时，富户们将多印交子，与铸钱一样便利。农产品丰收之时，也是商业活动频繁，商人和农民共同需要货币的时节。商人们闻风而动、四处出击收购农产品，自然希望获得便于携带的大额货币，因此纷纷将铁钱换为交子。农民得到交子后为了换取用于交税的铁钱，也需要用交子换回铁钱。十六户富民不会错过这些盈利的机会，

词条　民间交子铺

词条　民间交子铺

便顺势增加交子的发行量。交子铺不是单纯的独立机构，而是从事商业活动的商人的兼营事业，它完全不满足于这种些微的利益。它们"收买蓄积，广置邸店、屋宇、园田、宝货"，挪用收纳的铁钱从事其他营业行当，是其发行交子的更大动机。这样做的前提是人们对十六户富民的资产数量和交子相当信任，不会轻易怀疑自己手中交子的可兑现性与币值。发行者大肆收购资产，能使人们更加相信他们具有充沛的财力，进一步巩固了交子流通的基础。李攸的记载还提示我们另一种可能性，即十六户富民增发交子供自己使用。他们拿着增发的交子囤积农产品或置产置业，而是否存入相应数量的铁钱则无人知晓。

第5章　一张纸币折射的时代

最初的货币革命

宋朝除了"弱宋"这个甩不掉的称号之外，还有"富宋"这个别号。就是今天的不少人，也愿意"穿越"到自由、繁荣且富裕的大宋时代。

封建帝制2000余年，宋朝的铸钱量堪称历朝之最。特别是铜钱，宋太祖开宝年间，仅升州（今江苏南京）就铸钱三十万贯，比唐代的年铸钱量还多。宋神宗元丰年间，年铸钱量更是高达五百万贯，超过了明代铸钱量的总和。

如此大规模的铸钱，还是未满足宋代不断活跃的市场，随时会出现钱荒。除了导致苛捐杂税、私家藏匿、民间私铸、铜钱外流，钱荒还促进了纸币的诞生。

当私交子以官方的名义寿终正寝以后，官交子就以同样的面目登场了。

仁宗天圣元年（1023），因信誉问题废除交子铺发行权后，收之于官府发行的交子是为官交子。有政府背书，官交子赢得了人们的认可与期待。特别是蜀人，数十年来受尽了铁钱之苦，他们再也不愿意回到如蜗牛一般驮着沉重的铁钱走四方的日子。

官交子在发行时，程序十分复杂且严谨，每张交子都需先盖"益州交子务"的铜印，再加盖"益州观察使"印记，之后再进行"封押"。《宋朝事实》载，如此经过"三重保险"之后，再"起置簿历，逐道交子，上书出钱数，自一贯至十贯文，合用印过上簿封押，逐旋纳监官处收掌"，方可登记入册。

如此这般，跟我们今天的货币出库与入库相差无几。官交子初发行时，其程序是极为严密的。用户如以交子兑换铁钱，同样要登记入册。这一程序虽然繁琐，但却有利于交子币值的稳定。

官交子采用按界发行的方式，规定交子行用每三年为一期，即行用满两周年后发行新版交子，称为一界。也就是说，一张精美的交子生命周期只有两年，两年期满，必须回收。旧交子到界时，以旧换新。《楮币谱》详细记载了这一历程：

自（天圣）二年二月为始，至（天圣）三年二月终，凡为交子一百二十五万六千三百四十贯。其后每界视此数为准。

交子旧以二月二十日起界，清献公（赵抃）为记时，已迁至七月也。

熙宁五年，续添造一界，其数如前，作两界行使，从监官戴蒙之请也。

官交子的第一界从天圣二年（1024）二月至天圣三年（1025）二月截止，只用了一整年。第二界是自天圣三年二月至天圣五年（1027）二月，此后每界交子行用时间横跨三个年度。后来，交子的"交界"月份由二月迁至七月。

官交子的发行额，在发行之初，每一界发行限额为一百二十五万六千三百四十贯，"备本钱三十六万缗，新旧相因"。规章已经立定，一路良性运行，信誉良好。

私交子阶段，交子实际上只是兑换券性质的代用品，其目的是替代不便携带的铁钱，所以还无所谓发行数量问题。天圣元年十一月宋朝政府收回交子发行权后，交子转变为官交子即可兑换纸币，政府对它进行严格管理和控制。

这里有几个概念需要解释。"界"，即是交子流通的时间和兑换的时间。用现在的称呼，第一、第二、第三界交子，也可称为第一、第二、第三期交子。"缗"，本意是穿钱用的绳索，后来借指成串的铜钱，亦泛指钱。具体换算中，一贯铜钱也是一千文。所以，在宋代，一缗钱就是一贯钱。

还有"发行限额"和"本钱"两个概念需厘清。向市场投放多少，不是拍脑袋想出来的，一定是风险可控的上限决定的，这里的上限，就是"本钱"的数量。

我们不禁会问，为什么这时的官交子每界发行量是一百二十五万六千三百四十贯这个数字？准备本钱三十六万缗是凭什么算出来的？我从小对数字不敏感，数学成绩也不是很好。但常识告诉我，货币诞生之前，自人们以物易物时代起，就是"等价交换"，这样才公平公正。当然，越原始的时代，所谓的等价交换，更多的是心理上的"等价"与"公平"，只要彼此觉得"划算"就行。

时代变迁了，社会进步了，各种东西令人眼花缭乱，但无论时代如何变，有一点是万万不会变的，那就是体现公平与公正的"等价交换"。

古代，是看得见的"等价交换"，你用一头牛换我一匹丝绸，我用一把铁犁换你一只羊，只要你觉得划得来，交换就可以正常完成。慢慢地，随着货币的出现与丰富，看得见的"等价交换"变成了看不见的"等价交换"，这是因为贸易量大得超出了我们肉眼能看见的程度，比如你用一万吨土豆换一架飞机，如何展示这"一万吨土豆"？货币成为"中介"之后，必须用"等价物"来体现那"一万吨土豆"的存在，这就是我们今天所说的"准备金"。

今天的货币信用体系极为复杂，有专门的数学建模，还有若干精算师等专业人士涉足其间，为的就是最大限度地体现公平公正。以我的非专业理解，从金融意义上讲，"准备金"就是信用的基础。

官交子每界发行量是一百二十五万六千三百四十贯，准备本钱三十六万缗——虽然我们无法准确地知晓这是根据什么推算出来的，但我相信，一定是根据当时的具体情况，经过精心测算而得出的数字。只有这样，才能确保交子经得起市场考验，也才能确保没有任何市场风险，让大家放心且安全地使用。

很长一段时间，官方都遵守一百二十五万六千三百四十贯这个限额，没有加印，交子被整个社会普遍接受。由于宋朝政府严格按照这些办法进行，所以四川地区发行的交子在相当长时期内保持了币值的稳定，铁钱过于笨重，许多人甚至宁肯多出点溢价，也要持有交子，放弃铁钱，以至交子的币值比铁钱还高，"蜀人利交子之轻便，一贯有卖一贯一百者"。

如果想方设法投机，任意印制发行纸币，如此危险游戏，表面上看最能省心赚钱，但却是透支信用——通俗一点说，就是

第5章 一张纸币折射的时代

空手套白狼。当信用透支到一定程度，最终到头就是雪崩式的惩罚，是所有人都难以承受的——从小里说会引发社会动荡，往大里讲会导致国家崩盘。

值得一提的是，虽然交子作为货币正式流通，实际上铁钱同样在市面上流通，也就是双货币运行，只不过铁钱更多的是零用的小钱，以便于百姓日常生活小额交易。而交子，更多的是在大宗买卖交换时使用。

《楮币谱》记载，南宋绍兴、淳熙年间交子（钱引）的票式比较复杂，包括了以下近十项内容，它们分别是：界分、发行年号（时间）、贴头五行料例印、敕字花纹印、青面花纹印、红团故事印、年限花纹印、故事背印、书放数额等。

所谓票式，通俗理解即是指票据的格式。这些相对复杂的票式，大体用黑、蓝、红三种颜色套色印刷。就是放在今天，这些元素所体现出来的理念，都不过时。应该说，在千年前的宋代，有如此高水准的印制品，已经是领先世界了。我们来逐一审视。

宋代交子、会子形式及花纹图案，又称"贴头五行"。刻有"贴头五行料例印"票号的铜版，就雕有宋代社会人们生活中最为流行的五字格言文字，其内容大多是："至富国财并""利足以生财""强本而节用""旧法行为便""事序货之源""善治立经常""化国日舒长""维币通农商""道御之而王""国以义为利"……

从上述"五字格言"的内容不难看出，多是寄寓国泰民安、生意兴隆、物业兴旺、富贵荣华等美好心愿的吉利之言，又无不贯穿宋代特有的经济思想、财政思想和货币思想。如南宋绍兴三十一年（1161）第七十界会子，贴头五行就是"合欢万岁藤""龙龟负图书""龙纹三耳卣"。一贯背故事印为"吴隐之酌贪泉赋诗"。五百文背故事印为"王祥孝感跃鲤飞雀"。此为黑色图案。

"敕字花纹印"有如下图案:"金鸡棒敕""庆云捧日""金花捧敕""双龙捧敕""团凤捧敕左皋右夔""九重捧敕""盘龙捧敕""龙凤捧敕""金吾捧敕"……

"金鸡""庆云""双龙""团凤""太平花"等花纹图案,从名字来看,不难知道这些内容表达了人们对美好生活的向往。它们同样为黑色图案。

"年限花纹印"有如下图案:"三耳卣龙文""上苑太平花""尧阶蓂荚""六入球路""千叶石榴""累累如意""百合太平花""连环万岁藤""滕金锁甲纹""缠枝金莲子"……

因为是"年限花纹印",所以上面加刻有交子发行年代、使用期限及界分等元素。同样是黑色图案。

一贯或五百文故事印铜版上的内容,基本上以流传的经典历史故事为主,如"吴隐之酌贪泉赋诗""王祥孝感跃鲤飞雀""汉循吏增秩赐金""卜式上书献家财""子罕辞宝""青钱学士"等。

这些内容反映宋人对历史上优秀人物传统美德的推崇,上面会明确地刻上一贯或五百票额。这些内容也为黑色图案。

还有一种"青面花纹印"的铜版,上面雕刻的是动植物花纹,大体有"合欢万岁藤""攀枝百男""蜃楼去沧海""方圆锦地"……与之前不同的是,此为蓝色图案,以示区别,也为了票号的美观。

除此之外,还有一种红色图案的票号,是"红团故事印"铜版,上面同样雕刻的是一些经典的历史故事,大体有"龙龟负图书""孟尝还珠""诸葛孔明羽扇指挥三军""孟子见梁惠王""祖逊中流击楫誓清中原""尧舜垂衣治天下"等。

这些文字内容所承载的历史故事，浸透着宋人收复失地、统一中原的渴望与天下太平的强烈愿望。

以上内容可知，交子票面的文字和图案，丰富多彩，精彩纷呈，既典雅美观，又庄重严肃；既继承了传统文化，又具有强烈的时代特征。

这些文字和图案，俨如关于宋代政治、经济、文化、思想的简易教科书，又酷似通俗易懂的宣传画。我以为，这样个性鲜明的作品，诞生在极其开放而又自由的宋代不是偶然。

这样的"复杂"和先进，还承载着一种功能——防伪。严格而言，人性是靠不住的。一旦有足够的吸引力和筹码，人的精神堤坝就会溃决。人类历史长河的文明史，就是一段防伪与反防伪的精彩历史。

值得一提的是，错版钱币不只在今天存在，在古代也有。古代的钱币一般只有一面有文字，但有时，工匠因疏忽将两块带有钱文的泥范合在一起，铸造出了两面有相同文字的钱币。这就是被称为"合背钱"的错版钱币。北宋时期，名将狄青就通过妙用"合背钱"激励士气，打了一个大胜仗。

宋仁宗皇祐年间（1049—1054），今广西境内的侬智高割据地方为乱。宋朝前后派出多名大臣统兵，都被打败。狄青不畏强敌，上表请行，率军南征。在进军前线的途中宋军遇见一座大庙，传说其中的神灵颇为灵验，于是狄青取出一百枚铜钱，祷告说："如果这一次能大胜而归，这些钱币抛出去就全部是正面朝上。"（铸有"通宝"等字样的为正面）幕僚听到以后，赶紧上来劝阻，认为万一不是全部朝上，就会严重影响士气。狄青不听劝阻，自顾自扔出钱币。奇迹出现了，一百枚铜钱真的全部正面朝上。于是宋军一举击溃侬智高。

当然，其中纯故事成分更多。

这些极具教化功能的纸币，已经与现代货币十分接近了。用我们现代传播理念来理解，这样的宣传平台对百姓的教化十分有效。难怪有专家认为，宋以后历代纸币的格式、图案内容，都是对宋代交子的继承、发展和演变。

是大宋时代，奠定了纸币最初的审美基础和功能。

可能不少朋友看了上述那么多的内容会问，一张小小的票号，会容纳那么多内容吗？非也。因为交子有不同"界"（即不同版本），每一"界"又有不同的面值，每界交子的图案内容是完全不同的，它与现代纸币一样，每套纸币的印版图案都有区别。多变，也为防伪提供了可能。

我的理解，由于交子开创纸币格式、图案的先河，既增加了美感，难于伪造，又反映了政府纸币的法定性和严肃性，继而成为以后历代纸币模仿的蓝本——极好的顶层设计。

有如此精美的设计和如此丰厚的故事垫底，最初的交子，可谓四川官方一个极有信誉的金融工具。

宋代的"交引"是茶引、盐钞、矾引、见钱交引等票据的统称，用于赊籴军需粮草和专卖品的批发销售，其本质是北宋朝廷在榷卖与专营制度下的信用凭证，后来在"边地入中"的运作模式下，逐步演变为具备流通属性的有价证券。北宋初年，交引主要承担信用凭证的职能。当时，为了拓宽财政收入来源，国家垄断了盐茶等生活必需品的经营贸易，建立了从中央到地方的盐茶政府专营体制。富商大贾在民间市场进行盐茶买卖，需先前往京师榷货务，用现钱换取许可凭证——交引，再前往地方榷货务用交引兑换茶叶、食盐等专卖品。交引的使用，使得盐茶专售突破了"钱货两清"的简单交易模式，不再要求交易双方即买即付，催生了由国家作为担保的商业信用模式。这一时期，交引主要承担盐茶榷卖制度下的支付功能，在一定程度上，与现代贸易预售买卖中常见的物流提货单相似。北宋雍熙年间（984—987），宋太宗欲征伐范阳，而当时边地粮仓空虚，故招募河东、河北商贾于边塞纳银，由朝廷发放交引作为凭证，命商贾凭交引至京师兑取现钱或茶盐，这就是所谓的"边地入中"制度。据此，交引已从宋初的"京师发行—地方兑换"转变为"地方发行—京师或地方兑换"的二元体系。

词条　交引

官交子命运溯源

只可惜,这样的势头没能保持下去,宋朝政府从交子的发行中尝到了甜头,因为与铸造铜、铁钱相比,交子的成本小多了,"以今交子校之大钱,无铜炭之费,无鼓铸之劳,一夫挟纸,日作十数万"。于是很快把它作为解决国家财政困难的一个良法,交子被财政化了。

按其面额大小,开始时发行的交子为一贯至十贯不等,"每道初为钱一贯至十贯"。到了后来,只发行五贯和十贯两种面额的交子,同时规定两种面额的发行比例,其余面额不再发行。

宝元二年,以十分为率:其八分每道为钱十贯,其二分每道五贯。若一贯至四贯,六贯至九贯,更不书放。(曹学佺《蜀中广记》)

也就是说,从宋仁宗宝元二年(1039)起,在每年发行的一百二十五万六千三百四十贯交子中,80%是面额十贯的交子,而20%是面额五贯的交子。

宋神宗时期,又更改了交子面额及发行比例,"熙宁元年,始以六分书造一贯,四分书造五百,重轻相权,易于流转"。也即是说，每界交子的发行面额调整到60%为一贯、40%为五百文。这样做的好处，是方便在市场上流通使用。

这个时候，蜀中每年铸造发行二十一万贯大钱（折合二百一十万贯小钱），交子发行数额比铁钱数额少。从当时蜀中累计铸造、发行和社会上积存能投入流通的铁钱数额看，交子投入流通的数额，不足铁钱的1/10，货币市场维持着"钱多楮少"的局面，应该是健康的。

就这样，安全运行了半个多世纪后，问题终于来了。

元祐六年（1091）前，北宋总共发行了35界官交子，70年间每界都只发行一百二十五万六千三百四十贯这个恒量。从熙宁四年（1071）开始发行第25界官交子。从神宗熙宁五年（1072）开始，将一界行使改为两界行使，实际是把交子的流通兑换期由两年变成四年，这样做的目的十分清楚，就是多发行货币，使实际交子的流通量翻番，增加到二百五十万贯。

"恒量"一旦打破，等于打开了潘多拉魔盒，问题就在路上了。哲宗初期，初尝了超量发行交子的好处后，又开始突破每界的发行限额，交子贬值的幅度在10%左右，这个时候，还基本可以保持币值稳定。

随着财政支出的窟窿越来越大，增发交子慢慢成为常态，只是数量上有所控制。史籍给出的数据显示：宋哲宗绍圣元年（1094）增印交子十五万贯，元符元年（1098）增印交子四十八万贯。这样，每界交子发行量增至一百八十八万六千三百四十贯，由于两界并行，实际上相当于一界内发行近三百八十万贯，是第一界交子发行额的3倍。

一项政策出台之后，起初，人们都会按规则进行。往后，

"钻空子"的心态会慢慢出现，特别遇到了一些问题和困难之后，这样的心态就显得更为强烈。没有了制度的刚性保障，政策一旦脱离规则，就像脱缰的野马，很难驯服，最终会导致覆水难收。

官交子在整个北宋时期由兴到衰，大体也遵循这样的命运——明知那是条断头路，没有办法，还只得硬着头皮抱着侥幸心理往前冲。有如一辆高速行驶的车辆，大家都看到它在加速往下滑，但在强烈惯性驱使之下，谁都不愿意去踩刹车。因为，人们已经过惯了舒适的日子，有不动脑筋不伤筋骨的办法，且这办法"在当下"又最管用，那有谁会不用呢？

货币的命运关乎王朝的命运。

宋真宗与辽国签订澶渊之盟，虽然每年向辽输银十万两、绢二十万匹，但由于和平的实现、经济的发展，政府没有破坏金融稳定的理由。谁知好景不长。宋仁宗宝元元年（1038），北宋的藩属党项政权首领李元昊脱宋自立称帝，去宋封号，改元"天授礼法延祚"，建国号"大夏"，史称"西夏"。次年，西夏景宗李元昊写信通知宋仁宗赵祯，希望宋朝承认这一事实。

宋仁宗不承认李元昊这个皇帝，下诏削去了李元昊的官爵，并悬赏捉拿。北宋大多数官员也主张立刻出兵，兴师问罪。双方遂进入了战争状态。长达三年的第一次宋夏战争全面爆发。

我们不禁会问，为何大宋皇帝那么软弱？

赵匡胤登基后，后周太尉李筠、淮南节度使李重进相继叛乱。他们被镇压之后，赵匡胤显得忧心忡忡。从中晚唐至五代十国的一两百年时间里，由于中央政府缺乏控制力，各地的节度使成为地方事实上的统治者。他们拥有军队，从地方收税来养兵，还有自己的官僚系统，已经完全独立于中央。

赵匡胤虽然得到了天下，但是，如果这样的结构不改变，下一次改朝换代很快又会发生。如何坐稳江山，成了他必须解决的问题。更棘手的是，他并没有机会建立一套全新的制度。他通过和平禅让获得权力，必须安抚那些推举他上台和默认他当皇帝的人。禅让的王朝，往往总是带着前朝的所有问题，要想在这个基础上建立稳固的架构，更是难上加难。

这次战争使得北宋政府再次入不敷出。宋仁宗庆历年间，边关吃紧，朝廷让商人把物资送往前线，却拿不出现钱来支付商人的服务。陕西是宋、西夏两国对峙的前线。这里物产不丰，交通不便，军队的供应是让宋统治者深感头疼的难题。这种情况之下，朝廷让四川多发行六十余万贯交子去支援陕西前线，这是已经开始脱缰的交子第一次走出四川，在陕西试行。

国家的治理是一个系统工程，交子就是再有魔力，也只能是这个系统工程中很小的一环，而不是全部。每每外部条件发生改变，交子一再成为"权宜之计"的工具，这是交子本身难以承担的。不但会伤及自身，对朝廷也于事无补，可谓两败俱伤。

拍脑袋决策印出来的交子，当然没有任何准备金来支撑，对市场具有破坏性是必然的。庆历年间，铁钱在陕西逐渐流行。随着铁钱的发行、交子的贬值，陕西很快也陷入了与四川一样的困境。

后来宋哲宗时期，由于陕西沿边军费开支增加，宋朝政府便以直接增加交子数额的办法来解决这个问题。《楮币谱》云："祖额，每界以一百八十八万六千三百四十为额，以交子入陕西转用故也。"这里的188.6万贯比天圣二年首放交子时的界额125.6万贯多出63万贯，就是绍圣元年和元符元年两次增印交子的结果。到徽宗时，用兵取湟、廓、西宁等地，崇宁四年（1105）发行第42界交子，数额多达2400万贯，"崇、观间，陕西用兵，增印至二千四百三十万缗"，相当于天圣祖额的约20倍。

非常时期，目光短视，动作变形。四处搜刮民财的同时，一切审慎的金融政策就都得靠边站了。

宋仁宗庆历四年（1044），北宋与西夏达成和平协议，史称"庆历和议"。交子又因为这次和议，往后推迟了崩盘时间。

作为一名商人，假如穿越到千年前的宋仁宗时代做生意，会由于政府设置的种种障碍，面临许多现代人无法想象的困境。比如，一个住在成都的盐商想去陕西卖盐，再把收入带到京师汴州去购买房产，那么他应该怎么做？按照现代人思维，他可以直接从成都批发盐，送到陕西卖掉，再把钱带到京城。历史学者郭建龙曾撰《中央帝国的财政密码》，十分形象地再现这位"宋代商人"艰难而曲折的"折腾过程"：

第一，宋代政府规定，食盐不得跨界销售，虽然四川也产盐，但是四川的盐严禁进入陕西地区。这位商人只能带上钱，到陕西所在的盐区去批发盐。

第二，宋代不同的区域使用不同的钱币。四川是铁钱使用区，只准使用铁钱。铁钱相对于铜钱要沉重得多，四川铁钱在其他地方也不被接受。他不能直接带上钱出发，而是必须持巨量的铁钱到成都的钱商铺子，换取钱商的汇款凭证。再拿着凭证前往长安，从当地钱商手中拿到陕西的钱。

第三，即便拿到了陕西的钱，他还是无法直接去批发盐，因为盐是由官方垄断销售的。由于宋仁宗早期还没有推行范祥的盐业改革，所以，这个商人必须拿着钱先去购买粮食等军需物资，再把粮食送到边关，让边关守将给他开一张凭证，证明他对帝国国防的贡献。北宋政府之所以要这么折腾盐商，是因为政府运力不足，希望商人都有爱国精神，帮助政府把粮草送到边关。所幸北宋的疆域是有限的，边关地区距离长安也不远，只需走几百里。

第四，离开边关后，商人得到了这张凭证，但这只是生意的开始，他还得越过陕西，前往伟大的帝国首都（京师汴州），把凭证兑换成盐票，这些盐票相当于计划经济的配额指标，注明他只能够购买多少盐。

第五，商人带着盐票，去往盐产地提盐。北方的盐产地主要在山西解州，这里生产的盐叫解盐。于是商人离开首都后，又马不停蹄赶往山西去领盐。

第六，当商人从解州领了盐之后，还只能在指定地区销售。陕西属于指定地区之一，他带着盐从山西再回到陕西。

第七，假设他这次足够幸运，顺利地卖掉了手中的盐。当他卖掉了盐，拿到了陕西的货币之后，会发现钱币里既有铜钱，也有铁钱。陕西是铁钱和铜钱混用的地区，但是，京师汴州却只使用铜钱。如果他把陕西的铁钱带到了汴州，不仅毫无用处，还可能违法。他只好再找一次汇钱商，把手里的铜钱和铁钱都交给汇钱商，领取凭证，到汴州取钱。

第八，当商人带着汇兑凭证，从陕西再次到达首都，他的旅行才告一段落。整个过程是三过长安（陕西），两到京师汴州，一进山西，一到边关，才完成了这貌似简单的生意。

当然，郭建龙"假设的例子"，可能在真实的宋代不太会出现，因为没有一个商人愿意做这样的傻事。但其间"八步法"的艰辛历程与折腾,却是一点儿也不夸张。

上面的例子,足以让我们看到,北宋围绕金融、国防和盐业等垄断行业,产生了复杂的贸易体系。其实,这些"复杂"的背后,是统治者对社会和百姓的极端不自信。他们乐于看到百姓在不方便中折腾,只有这样的折腾和不易,才有利于当局的教化与治理。

政府钱袋捉襟见肘,为了应对财政危机,再次打起了交子的主意,命令四川多发行一界交子,却并不按惯例把老一界的交子回收。就这样,市面上两界交子并行,也就意味着,纸币量一下子扩大了一倍,但准备金却并没有增加。《文献通考·钱币考》记录了这段历史:

五年,交子二十二界将易,而后界给用已多,诏更造二十五界者百二十五万,以偿二十三界之数。交子之有两界自此始。

转眼之间,相当于十二亿枚钱币的财富,从民间悄然转移到了政府的口袋里。

报应立见。市面上纸币贬值,交子出现了折价。一贯的交子已经换不来一千枚钱币,只能按照大约九五折的价格进行兑换。随着纸币数量的增多,四川的交子逐渐向北方扩散,开始在陕西流通,更进一步影响了盐钞的生意。

不怕不作为,就怕乱作为。政府没有半点反思,再次出昏招,下令在陕西禁止使用四川交子,将通货膨胀的压力,活生生地留在了四川境内。

几上几下,几进几出,政府也就有了不少心得,他们对于纸币的性能有了透彻的了解，耍起手腕也就得心应手。朝廷很快就领悟到，发行纸币就像往酒里兑水一般，只要将掺水限制在一定程度内，不过度，喝酒的人就不会在意。这是朝廷的机密，也是天知地知的事，即便政府偷偷地超量投放了纸币，人们也不会发现，也没力量阻止。

真是天赐良机。于政府而言，这不啻一条通往天堂的路：只要动一动印钞机，立马可以缓解财政危机。既然印钞票这个动作如此简单，又何必兴师动众去进行繁琐的改革呢？

执政者并没有意识到，这是一桩掩耳盗铃、竭泽而渔的买卖。用纸币敛财的确是捷径，但长此以往，后果一定严重。

按下葫芦浮起了瓢。到了宋神宗时代，西夏战争再次爆发。由于战争的消耗，财政更加困难，中央政府再次想到了印钞机的功能，决定直接在陕西发行纸币。这次已不是用四川交子去援助陕西了，而是在陕西设立独立的交子管理部门（交子务），直接印制交子——将印钞机放到了最前线，想印多少就印多少。

宋神宗治下的大宋，有如一个躺在病床上急需抢救的病人，交子似乎就是那一根维系生命体征的输氧管，这个管子一旦拔掉，病人就会立刻死去。

之前四川发行的每一界交子，都有较为充分的准备金做后盾。与四川不同的是，陕西是直接印刷交子，发行的数量也是根据国家的需求而定，印多印少，朝廷一句话的事。

统治者们天真地认为，此时陕西已经有了盐钞这样一种纸质凭证，不会出现大的问题。然而交子在陕西的发行，直接影响到人们对盐钞的信用，可谓得不偿失。《宋史》载，鉴于此，面对陕西印刷交子正在高速转动的机器轮子，政府不得不按下了停止键。

词条 榷货务

即交引的官方发行和兑换机构。宋代实行榷卖制度，以茶叶专卖为例，朝廷设榷货务从事茶事管理，直接参与茶叶交引的发行和兑换。从京师到沿江要会之地，从朝堂到茶叶集散中心，交引成为茶叶专营榷卖中的主线，因此榷货务这一机构逐步成为集专营管理、财政管理、现金汇兑和货币回笼等综合职能于一体的财政金融机构。专营管理方面，榷货务早期承担着茶场经营和准入管理的职能。具体而言，京师榷货务发放交引作为茶叶买卖的牌照，对茶叶商人的准入进行严管，商人只能凭借交引兑换茶叶而不得私下交易；地方榷货务则负责茶场的日常经营和茶叶的专营买卖。财政管理方面，京师榷货务主要有两项职能。一是拨款给负责收买粮草的地方政府以及其他机构。李焘《续资治通鉴长编》曾记载："诏给榷货务封桩银十二万七千两、绢万七千匹，赴陕西转运司籴军储。"二是兑付地方政府或有关机构赊买粮草的信用凭证。如宋仁宗时,西夏边关战事告急,为及时补给西北军队,地方政府将交引赊购的粮草运至边地,再由京师负责承兑。现金汇兑方面,榷货务主要承担京师与地方之间的官营便钱职能:一是将私人的官营现钱从京师汇到地方;二是负责兑付地方汇来的现钱。开宝三年(970)以前,由三司主持便钱业务,后交由榷货务主持,其实是采用官营化的手段,垄断了汇兑业务。货币回笼方面,钱引取代交子后(四川等地区除外),京师交子务官吏合并于榷货务下属的买钞所,买钞所负责管理钱引。在交子罢废后,民间可至买钞所兑换铜钱。由此可见,榷货务作为交引的管理机构,最终吸收了交子务的货币回收和现金汇兑职能,使交引、交子和钱引三者走向管理上的统一和融合。

词条　榷货务

好在，有一个王安石

宋英宗赵曙荒唐的四年，给北宋政治与经济造成深度伤害，财政困难加剧，官僚集团裂隙横生。作为英宗之子，血气方刚的神宗因而背负了为父亲和血统"正名"的责任，必欲"大有为"。开疆拓土、制礼作乐都是题中应有之义，然而财政困窘，其奈何？

好在他有一个王安石。

于是，就有了历史上有名的"王安石变法"。王安石的变法，与其说是一次旷日持久的经济变革，不如说，就是积弊已久的北宋时期，以王安石为首的改革派进行的一次刮骨疗伤的政治改革。变法自熙宁二年（1069）开始，至元丰八年（1085）结束，前后历时 16 年，其间可谓惊心动魄。

变法为什么结束在元丰八年？那一年，王安石变法的最大支持者没了。他就是宋神宗。

人治时代最大的特点，就是因人而治。再好的制度，只要换了一个人，都会因人而废。就是中国历史上看似包容而清明的宋代，也是如此。随着宋神宗的离世，王安石也黯然下台。

王安石变法，最初以发展生产、富国强兵、挽救宋朝政治危机为目的，以"理财""整军"为中心，涉及政治、经济、军事、社会、文化诸方面,无疑动了许多人的奶酪,真正算得上继王莽新政之后又一次伤筋动骨的巨大变革。

所谓变革,说白了就是利益分配的再调整。在谈王安石变法之前,不妨先看看宋神宗治下的大宋,究竟是一个什么样的社会生态。宋初,为削弱官员的权力,实行一职多官。由于大兴科举、采用恩荫制、奉行"恩逮于百官唯恐其不足"的笼络政策,官员多贪恋权位,官僚机构庞大而臃肿。

为抵御北方民族南侵,宋初实行"养兵"之策,形成了庞大的军事体系;为了防止武将专权,实行"更戍法",使得兵将不相习,兵士多而不精,对外作战能力不强。军队、官员的激增,导致财政开支增加,再加上大兴土木、修建寺观等工程,使得本就拮据的政府财政入不敷出。

宋代"三冗"问题的出现,缘于宋代是一个继承性的朝代。前面已经交代,大宋的政权是接受禅让而来,其政治成本也就有了很大的提高。就这样,宋继承了从唐代到五代形成的庞大官僚阶层和士兵队伍,加上皇帝为了赎买权力,允许官员们享受过量的福利,使得宋代的开支一直非常庞大。

宋代也是官买官卖制度发展最完善的朝代,盐、茶、酒、香、矾,加上其他奢侈品,都被纳入了官营体系,收取高昂的税收,甚至将这些物资信用化成票据流通,铸成了中国金融最复杂的朝代。

由于宋代在前代官制的基础上,设置了太多权宜性的职位,官僚队伍的膨胀速度甚至超过了之前的任何朝代。而军权分得过散,没有人为军队的实力负责,人们从军只为养家糊口,致使宋军糟糕得一塌糊涂,基本谈不上战斗力。

"冗官"和"冗兵",可谓宋代财政最大的两个包袱,怎么甩都甩不掉。《宋史·食货志(会计)》记载,宋真宗时期,宋代的士兵大约为91.2万人,接受俸禄的宗室、官僚大约为9785人。到了宋仁宗宝元时期(1038—1040),士兵人数已经达到了125.9万人,而接受俸禄的宗室、官僚为15442人。到了宋英宗治平年间(1064—1067),由于天下太平,士兵人数降至116.2万人,接受俸禄的人趁机又扩充了三分之一。

宋仁宗时期,名臣蔡襄曾经统计过皇祐年间(1049—1054)的税赋收入和军事开支,其中税赋分为钱、绢帛、粮、草四项。《蔡忠惠公文集》卷18记录:

钱收三千六百八十二万二千五百四十一贯,支出九百九十四万零一百四十七贯。绢帛收入八百七十四万五千五百三十五匹,支出七百四十二万二千七百六十八匹。粮收二千六百九十四万三千五百七十五石,支出二千三百一十七万零二百二十三石。草收二千九百三十九万六千一百一十三束,支二千四百九十八万零四百六十四束。

各项军事开支分别占收入的27%、85%、86%和84%。

由于养兵养官的包袱,宋代不得不扩大财政收入。与唐代相比,宋代的农业税和劳役都层层加码,更为沉重。

冗员、冗兵、冗费,压得大宋喘不过气来。大宋这艘负重的巨轮要平稳前行,只有挖掘各种潜能,压榨各种社会财富。《宋史·食货志》载,宋真宗天禧五年(1021),全国收入15000万,支出13000万。宋仁宗皇祐元年(1049),全国收入13000万,

"而所出无余"。到宋英宗治平二年（1065），财政首次出现赤字。当年，全国收入11613万，支出12034万余，非常支出1152万余，缺额1500万（这些数字的单位，均为贯、石、匹等）。

宋英宗后，国家财政亏空成为常态。只好不断"发诸宿藏"，以致"百年之积，惟存空簿"。

政府运转进入一个恶性循环。名目繁多的苛捐杂税，频繁增多的自然灾害，百姓怨声不断。除了内忧之外，北宋头痛的还有外患，每次和西北的党项人的战争，都以宋的失败告终。

面对矛盾丛生的现状，唯有变革才有出路，宋仁宗也曾试图改变。庆历三年（1043），宋仁宗任用范仲淹、韩琦、富弼、欧阳修等人进行改革，提出了"明黜陟、抑侥幸、精贡举、择官长、均公田、厚农桑、修武备、减徭役、覃恩信、重命令"等十项主张，史称"庆历新政"。由于新政触碰了贵族官僚的利益，很多矛盾积重难返，新政历经一年即告失败。宋仁宗将范仲淹、韩琦、富弼、欧阳修等人贬斥出京。此后，王安石站了出来。那是嘉祐三年（1058）的事，当时，还是度支判官的王安石进京述职，雄心勃勃地提交了一个万言书，即《上仁宗皇帝言事书》，大谈吏治改革。《宋史·王安石传》云：

今天下之财力日以困穷，风俗日以衰坏，患在不知法度，不法先王之政故也。法先王之政者，法其意而已。法其意，则吾所改易更革，不至乎倾骇天下之耳目，嚣天下之口，而固已合先王之政矣。因天下之力以生天下之财，取天下之财以供天下之费，自古治世，未尝以财不足为公患也，患在治财无其道尔。

王安石认为，一切变革的主体都是人，变革成败的关键就在于怎样选人、用人，而选人、用人的基础则在"培养什么样的人，如何培养人"这一根本问题。官员的各种能力中，王安石极为强调"理财"的能力。王安石认识到，郡县制的完善，从经济方面说，乃是推动农耕"劳役制国家"向比较注重商业、手工业发展的"财政国家"的转变过程。王安石认为，天下的财力一天比一天困乏，社会风俗一天比一天衰败，四方有志之士经常忧惧天下不能长治久安，何故？是为不知法度。朝廷法制严格，无所不有，却没什么法度，为什么？各项法度，大多不合乎古代贤明君王的政治之道。

王安石变法的初衷在于，增加政府的财政收入，并以此为出发点进行顶层设计。他试图使皇帝相信，改革既可以让民间富足，也可以增加财政收入。

从这个意义上说，王安石变法可谓是推动国家治理体系和治理能力"现代转变"的先声。

可王安石满腔热情的万言书，并没有打动见惯不惊、已显老态的宋仁宗赵祯。据说，当时辅政的富弼、韩琦等重臣，看到王安石上书后，也很不高兴。

我们先来看看，王安石当时的官职——度支判官，是一个什么类型的官。查阅史料，度支判官是宋三司使属下的一个官职。三司使是朝廷主管财政的一个衙门，下设盐铁、度支、户部三个部门。"度支"品级为从五品上。其职责，"掌天下财赋之数，每岁均其有无，制其出入，以计邦国之用"，就是协助度支副使，掌管分配全国财政大权。国家一切用度明细都在其掌控之中，虽然级别不高，权力却不可谓不大。

王安石的经世韬略虽未被当今圣上看中,但他在朝廷上侃侃而谈的声音,却被另一个后来的君主听得真切,他就是宋神宗赵顼。

整整蛰伏了10年的赵顼即位之后,立即起用了王安石。我们知道,大宋皇帝的权力相对有限,在如何使用王安石上,赵顼也颇用了一番心思,王安石先是被派到地方历练,任江宁知府,旋即诏为翰林学士兼侍讲。

宋神宗即位次年,惺惺相惜的王安石再献国策,在他的《本朝百年无事札子》中认为,"大有为之时,正在今日"。仅仅过了两年时间,王安石便从一个从五品的度支判官,攀升到了"中书门下平章事"——一个位同宰相的重臣之职。有了最大的后台支撑,王安石没有任何后顾之忧,在全国范围内大刀阔斧推行新法。

财政改革方面大体有均输法、青苗法、市易法、免役法、方田均税法、农田水利法;军事改革方面大体有置将法、保甲法、保马法等;科举制度改革方面,废除诗赋词章取士的旧制,恢复以经义策论取士,又实行太学三舍法制度。

我们知道,这么大一个国家,有如一艘难以掉头的大船,转身不易。每一次大的变革都会伤筋动骨,必须有强有力的天时、地利、人和作保证,否则,将变成劳民伤财、事倍功半的半截子工程。

熙宁元年(1068)八月,神宗在延和殿接见翰林学士司马光、王安石等人,无意间引发了司马光与王安石之间一场针锋相对的辩论。这场辩论,王安石道出了"善理财者,民不加赋而国用饶",司马光则用另一种观点阐明自己主张,"天地所生货财百物,止有此数,不在民间,则在公家"。

这场辩论最大的收获,是司马光与王安石都清楚地意识到彼此之间不可调和的分歧与见解。只是不知神宗从他们谈话的火药味中是否意识到，朝廷的分裂已经从此开始了。在王安石所代表的新党看来，司马光所代表的旧党无疑是迂腐不切实事之辈；在司马光一派的旧党看来，王安石一派的新党则多为心术不正投机钻营之徒。然而，新旧两党又共享着理性的勃发这样一个时代精神，区别只在于，理性是用在事功道术层面，着重于治理技术的设计，即工具理性；抑或用在义理人心层面，着重于理学对心性的开发，即价值理性。学者施展眼里，王安石与司马光之间的对峙，实际上就是一个时代的错置。司马光对于传统的卫护，保护着自生秩序，提供了发达的民间社会的可能性，却与王安石的治理技术之间形成了尖锐对立。平民社会在实践层面有着对于政治世俗化的需求，但朝廷在精神层面的伦理和政治并未分离，这就形成了结构性矛盾。

神宗之所以选择王安石，历史学家赵冬梅认为，在于神宗所处的位置和他个人不同寻常的理想。深受压抑的神宗是一位有理想的皇帝，他想要改变宋朝建国以来在对外关系上的被动局面，开疆拓土成就一番伟业，想要通过领土扩张建立超越列祖列宗的丰功伟业，从而成为一个伟大的皇帝。

神宗内心的原动力，是要证明他和他父亲都是当之无愧的大宋天子。

神宗要为父正名。神宗是英宗的儿子，英宗继承的是仁宗的皇位，但英宗不是仁宗的亲生儿子。假定仁宗有儿子，那么皇位根本轮不到英宗。

纵然仁宗没有儿子，有资格继承大统的也不止英宗一位，为什么偏偏是他?

运气好? 当然是运气好!

对于英宗的好运气, 不服气的宗室多了。比如濮王诸子之中最年长的宗谔, 就从不掩饰他对英宗的妒忌。宗谔府上有个厨子, 羊脍做得最好, 英宗让他帮忙做了两盘。宗谔知道后, 勃然大怒, 把肉倒了, 把盘子摔得粉碎, 又狠狠地打了这厨子一顿。

既然不是天生的皇子, 既然只是因为运气好才得到了这样的大位, 那么, 唯有在继承皇位之后表现得像一个真命天子, 才能让那些曾经同样可能继承皇位的宗室心服口服。

……作为皇帝, 英宗的表现是不合格的。作为人子, 神宗哀其不幸, 怒其不争, 私底下把拳头都捏碎了, 却也使不上力气。如今, 神宗登上了皇位, 当然要想办法证明"我们这一支"继承大统是绝对正确的。

如何证明? 当然是要成就一番帝王伟业。

何为帝王伟业? 开疆拓土, 兴致太平。本朝比汉唐最不如者何? 领土! 本朝开国二帝最大的心结是什么? 领土! 为了父亲, 为了"我们这一支", 必须开疆拓土致太平!(赵冬梅《大宋之变》)

赵冬梅教授分析得不无道理, 能够帮助神宗实现领土野心、解开心结的, 只有王安石一个人。其余所有的人, 包括韩琦、欧阳修、张方平、司马光, 都在絮絮叨叨地告诉他, 国家财政困难, 要节流, 不可轻举妄动、随便动兵。只有王安石和神宗一样胸怀大志; 更重要的是, 王安石给了神宗解决财政困难、充实国库, 富国而后强兵的具体办法。

一句话，王安石是神宗实现理想、为父正名的坚强后盾。

一次关于削减宗室待遇的讨论会上，宰相曾公亮提出，要以神宗本人为标准裁定宗室的亲疏。神宗吓了一跳，赶紧表示："当以祖宗为限断。"这时候，王安石说："以上身即是以祖宗为限断也。"在位的皇帝本人就是祖宗——宋神宗被这个新鲜而大胆的说法迷住了。

从他记事以来，"祖宗"就是太庙里的牌位，是"宝训""圣政"里的祖先故事，"祖宗"是神圣的教条，是伟大的真理，是臣子们拿来抽打他的鞭子。王安石却告诉他："你就是祖宗。你不必追随，你可以创造，你可以为所欲为。"

当所有人都喜欢拿"祖宗"来约束年轻的神宗时，只有王安石明确告诉他，"你就是祖宗"。

这，怎能不让神宗兴奋喜悦，跃跃欲试？

所以，在司马光与王安石之间，神宗只会也只能选择王安石。有时，他可能仍然还是会动摇，对王安石也会有不满，然而，动摇归动摇，不满归不满，最终，神宗还是会回到王安石的路线上来。赵冬梅将此归结为，这是神宗的宿命，也是大宋王朝的宿命。

即宋代的国有金融信托机构。为保护孤幼继承财产，避免财产遭他人侵夺，宋代设立了开封府检校库，负责查核、籍记、保管孤幼财产，并逐步形成了一套比较完善的检校制度。随着王安石变法的展开，为了使孤幼财产保值增值，检校库开展了放贷收息业务。检校库也逐渐从核查、保管、发放财产的机构发展为官方经营的信托机构，帮助管理有争议或无人认领的财产，并用这些财产进行商业活动。其服务范围也逐渐扩大，国子监、武学等官府机构也纷纷将财产委托给检校库。检校库还制定了严格的规章制度来保护其所管理的财产不受损害。可以说，检校库的运作模式从侧面反映了宋时的信用经济发展到了一个新的高度。

词条　检校库

变法，不是变戏法

自熙宁二年（1069）始，至元丰八年（1085）终，纵观王安石变法16年风雨兼程，主要涉及三个方面的重要领域，即富国之法、强兵之法和取士之法，富国主要指增加财政收入，强兵旨在加强国防，取士即为国选才。

熙宁二年（1069）二月，宋神宗举所有之力为王安石新法铺路，先任命王安石为参知政事，又设立制置三司条例司（相当于财政计划委员会），统筹财政，为王安石变法提供有力的组织保障。

不得不承认的是，赵顼是一个难得的有志于振兴国家的优秀青年。他继位时刚刚20岁，平时不图享乐，致力于读书，以致废寝忘食。他不甘心于宋王朝积贫积弱，以向辽、夏两国缴纳岁币为耻，朝思暮想旨在变法图强。一次，他身穿一身戎装去谒见祖母曹太后，是想得到祖母的肯定与夸奖。没想到曹太后却劝他凡事要遵守祖宗成法，不要轻易谈兵。

当图强成为一国之君励志的宏伟抱负时，变法就会成为最好的动力。此刻，王安石就成为宋神宗最大的希望所在。令他感到欣慰的是，由王安石领衔，吕惠卿、曾布、章惇等重臣参与的这套班子，上任仅仅两个月，便正式启动变法的程序，不可谓不雷厉风行。熙宁二年（1069）七至十一月，均输法、青苗法、农田水利条约等，便相继出台，不可谓不高效。

接下来，围绕上述三大主题的各种法规条文陆续面世：

熙宁三年（1070），颁布募役法、保甲法；

熙宁四年（1071），颁布方田均税法，并改革科举制度；

熙宁五年（1072）三月，颁行市易法；

熙宁六年（1073）七月，颁行免行法。

我们不妨先看看王安石变法中争议最多、涉及面最宽的"富国强兵"的主要内容和情况。宋史研究专家刘子健先生，特地将王安石的新法从"国家收入与保管""国防""货币""贸易""教育与文官"等方面进行归类，大体内容如下：

国家收入与保管

贡赋收入。熙宁二年（1069）七月，推行均输法，管理通常从各省运送到政府的贡赋物品的运输、交换、出售与购买，以预先满足政府需求，同时稳定物价。

地方政府的维持。熙宁三年（1070）十月，设立募役法，在京城试行后推行到全国。该法估定分等级的货币税收，以支付雇用必要人员为地方政府服役的费用，在此之前则一直实行轮替征派的差役法。

地方秩序的维持。熙宁三年（1070）十二月，设立保甲法以十户或更多户家庭为基本单位组织乡村居民，承担社区治安任务的集体责任。

土地税。测量土地，平均税收（方田均税法），于熙宁五年（1072）八月生效，目的在于消除逃税和不公平的负担，尤其是在北方地区。

国防

基本举措。保甲法及其最终用途在于增加后备军队,这一制度类似于征兵制。

其他改进举措。熙宁五年(1072)五月,开始施行喂养马匹制度(保马法)。在北方和西北的边境地区,每个家庭被分派饲养一匹马。熙宁六年(1073)六月,设立军器监,以提升武器的质量。还有其他一些加强军事防御的次要举措。

货币

熙宁三年(1070)七月,解除对私人运输和持有铜的禁令,多次增加政府的铜币铸造,以满足国家财政扩大引发的需求和货币纳税的要求。

贸易

熙宁五年(1072)三月,颁布市易法(国家贸易制度),由此政府可以直接从小商人手中购买商品,并为他们扩展贷款机构,这样他们就不必通过行会来进行交易。政府意图通过这一制度平抑市场价格。

熙宁六年(1073)九月,免行钱生效,对各种行户以货币折算,由此免除他们向宫廷贡奉物资的惯有负担。

教育与文官

教育。熙宁四年(1071)九月,对太学进行改制,使其最终将代替科举制度。在太学设立新的课程以及在京城别处设立学校,以培养特殊领域如武学、律学和医学方面的人才。同时也建立了许多地方学校，尤其是在北方地区，以改善该地过去匮乏的教育。

科举制度。将重点放在论、策问和经义上，而非诗和赋，熙宁三年（1070）三月，此项改革开始在常规的进士考试中施行。在较低层次的考试中，律学作为一个新的领域也设立了。

官员任命。熙宁六年（1073）三月，设立针对进士、保任及其他符合任官条件的人的律令考试。

政府吏员。熙宁三年（1070）十二月，没有官品的胥吏实行俸禄制，并被置于严格的监督之下，行为不当将受到惩罚。同时，有实绩的胥吏可以通过考试晋升为下级官员。（刘子健《宋代的中国改革：王安石及其新政》）

通过一系列理财新法的实行，增加了"青苗钱""免役宽剩钱""市易息钱"等新的财政收入项目，国库充裕。宋神宗年间，国库积蓄可供朝廷二十年财政支出，彻底改变了北宋"积贫"的局面。

王安石心中，有一个几乎完美的国家理想，即创造一个民富、兵强、财富分配基本均匀、教育开明、文化昌盛的社会。正是出于对完美之国家理想的追求，王安石新法的具体措施有远远超越时代之特点。从这一点看，他是一个非常出色的经济理论家，却不是一个聪明的政治家。因为接下来的改革效果，令他和他的对手都不满意。变法的弊端显而易见。史载，免役法出，百姓连担水、理发、茶贩之类的小买卖，都得交免役钱，税务向商贩索要市利钱，税额比本钱还多，有的商人以死相争，与王安石变法的初衷"去重敛、宽农民、国用可足、民财不匮"大相径庭。1072年，甚至发生了东明县农民一千多人集体进京上访，在王安石住宅前闹事的事件。

俗话说，快了的萝卜不洗泥。变法本应是一个极其艰难的系统工程，准备工作十分重要，而新法从相应机构的成立到相关条文出台，大体只有几个月（最多一年）的时间，新法条文仓促，实行过于急进，留下隐患也成为必然。

对于复杂的朝廷上下而言，哪怕只是一丁点瑕疵都可能引发反对派的无限放大甚至穷追猛打，何况是本身病急用猛药的新法？可以说，每一部新法的出台，都会触及一个甚至几个阶层的利益。比如，青苗法取代了上等户的高利贷，限制了高利贷对农民的盘剥；方田均税法限制了官僚和豪绅大地主的隐田漏税行为；市易法打击了大商人对市场的操纵和垄断，使大商人独占的商业利润一部分收归国家。王安石变法增加了政府财政收入却"夺穷民之铢累"，推进了军队建设却依旧"痛抑猛士"……因用人不力及执行出现偏差，变法造成"民苦于役"，加之朝廷"新旧党争"，变法遭到朝臣非议。

面对王安石庞大的反对集团，刘子健先生还用了一个特别的术语加以概括——"次官僚制"。他认为，王安石的改革措施部分是被腐败官僚和不可救药的次官僚制联合起来打败的。日本史学家宫崎市定也同样认为，王安石敏锐地注意到了次官僚制改革的必要，于是采取了四项措施：削减为政府服务的吏的数量；提高中央政府中过去领取固定薪水的吏的俸禄，又给予地方政府中先前不领俸禄的吏以一定的收入；支持经过一定考试之后，将出色的吏提拔到文官序列之中；强烈要求更有效的监督，对贪污者要严惩。这一重大改革，被称作"仓法"。这里的"仓"是统称，既指谷物收入的储存之所，也指地方政府的财库。众多的吏职，以及众多的贪污行为，都与此相关。而且，吏正是从这些同样的来源中获得他们的薪水。

不难看出，王安石的最终理想，与他对《周礼》所描述的上古制度模式的信念一致，是要将吏和官员合并为一个阶层并最终使二者融为一体，一如农民和士兵，都纳入单一阶层。刘子健分析认为，由于坚持这一理想，王安石忽视了阶层结构已然固化、社会群体分化显著和职业日益专业化，以及不可能只存在一个阶层的现实。

王安石为人处世过于刚烈，不够圆滑，在官场上树敌过多。他们与王安石政治理念不合，除离开朝廷十五年、主持编纂《资治通鉴》的司马光之外，御史刘述、刘琦、钱顗、孙昌龄、王子韶、程颢、张戬、陈襄、陈荐、谢景温、杨绘、刘挚，谏官范纯仁、李常、孙觉、胡宗愈等，都因与王安石政见不合，相继离开朝廷。

历史学家刘刚形象地称王安石是"文明的刺头"，因为王安石有"三不畏"，即"天变不足畏，祖宗不足畏，人言不足畏"。刘刚的分析不无道理，既然破了这三大禁忌，思想就可能超越汉唐，直追先秦诸子。

王安石讲经学，破了汉注唐疏；谈《洪范》，破了天人感应；作《易解》，破了象数之学。

而他所立者，一言以蔽之曰："义理"而已。

朝廷不需要他了，就回书院去，他的书院在江南，那就回江南去；书院不在城里，在山里，那就往山里去。他有一头驴，骑

驴渺渺入山去。王安石执拗,非要在中国的小商品经济里,搞前资本主义的重商主义。(刘刚、李冬君《文化的江山》)

    宋人留下的商元素,可惜昙花一现,只留在了宋朝。
    我们知道,重商主义主要基于两点,一是国际贸易,一是国家战争。而这两点都围绕着一个中心,那就是货币,尤其是金银币。宋代,是中国经济发达的时期,世界上最早的纸币和铜铁币并行,铸行量达到了历史最高峰,金银币通过海上国际贸易,重新回到了流通领域。

今年粳稻熟苦迟,庶见霜风来几时。
霜风来时雨如泻,把头出菌镰生衣。
眼枯泪尽雨不尽,忍见黄穗卧青泥。
茅苫一月垄上宿,天晴获稻随车归。
汗流肩赪载入市,价钱乞与如糠粞。
卖牛纳税拆屋炊,虑浅不及明年饥。
官今要钱不要米,西北万里招羌儿。
龚黄满朝人更苦,不如却作河伯妇。

(苏东坡《吴中田妇叹》)

    苏东坡这首诗,作于熙宁五年(1072)冬。是时,王安石一系列新法正逐步在全国上下铺陈开来,由于吏治改革没有跟进,贪官污吏大钻新法的空子,致使本来利国利民的新法条款,给人民带来严重的伤害。此诗正是苏轼赴湖州视察堤岸时,形象地勾勒出政府与百姓对立的状况。

王安石不是不知道苏轼是个有能力的人，只是苏轼和自己主持的新法相抵牾，遂对苏轼进行打压。熙宁变法时期，两人的关系已经势不两立。苏轼与王安石常"议论素异"，对于新法的方方面面，苏轼都有着不同的意见。比如科举取士，苏轼为"诗赋取士"辩护，而王安石则主张考"经义""策论"；王安石主张"青苗法"，苏轼就发出"苛政猛于虎"的抨击。在王安石心中，苏轼是自己的政敌；而在苏轼心中，与王安石作对是"大忤权贵"，所以他绝不屈服，多次在诗文中冷嘲热讽。

苏轼对新法的屡屡嘲讽，为"乌台诗案"积累了充足的"罪证"。"乌台诗案"的本质是解读的错位，在王安石二次罢相后，新法的主持者由宰相变为皇帝，反对新法也就变成了反对皇帝，这是欲加之罪。苏轼最终陷于牢狱，嫉恨他的欲置之于死地而后快。苏轼在牢狱中也许会想到自己命不久矣，但他不会想到王安石会为他求情。也正是有王安石在"乌台诗案"中的一句"安有圣世而杀才士乎？"东坡居士才在这场风波中免于更悲惨的结局，最终被贬黄州。

只可惜，王安石身处的北宋晚期，派系斗争成了主旋律。本来，王安石努力劝说政坛元老留下来，但无济于事。作为报复，超过二十名台谏官员被罢黜。王安石变得易怒，宣称所有的反对者都是片面的，是墨守成规的，是麻烦制造者。在宋史研究专家刘子健看来，后来保守主义接任以后，甚至变本加厉打压变法派，以至于大多数新政不是被废止就是被彻底修改，完全不考虑其中的优点，也毫不顾及恢复许多旧措施的后果。这样的做法里面，很大程度上缘于"报复性情绪"。

这种报复，往往是带有人身攻击的。比如宦官们对王安石的怨恨十分明显。司天监的宦官早先曾把某些天象，解释为在暗示有必要罢免王安石，他们试图通过违背惯例，让王安石在宫门之外下马来使他难堪。《续资治通鉴长编》载，怂恿宦官的，就是王安石的两个政治对手文彦博和冯京。

王安石的压力不仅仅来自政治对手，还来自他视为知己的战友。王安石第一次离开朝廷之后，与新法同一阵营的密友吕惠卿就曾密谋削弱王安石的影响，王安石有所察觉后虽然心有不满，但为了顾全大局没有深入计较。而另一位盟友曾布则更为过分，他一度站在反对派一边，驳斥王安石的市易法，令王安石极度伤心，以至始终未能原谅他。在丧失数位盟友后，王安石不得不依靠相对缺乏经验的邓绾。不久，他便感到了后悔。这使他感到格外孤独。

或许，时间是观察问题最好的窗口，随着时间的推移，人类为了文明与进步，各项改革越来越深入，王安石的价值会愈发凸显。刘子健眼里，王安石无疑是一个伟大的人物，他认为"王安石理应在世界历史上占有一席之地"：

中国漫长的历史进程中，很少有人像北宋杰出的改革家和最富争议的政治家王安石那样重要。他主持的改革的非传统性质，其施行方式之彻底，以及其涵盖范围之广，几乎前无古人，直到最近一个世纪也没有什么改革可以与之媲美。（刘子健《宋代的中国改革：王安石及其新政》）

宋神宗也难以承受压力之重。其实，王安石之前，宋神宗还有一个理想的人选，此人叫张方平，神宗朝时参知政事（副宰相)。就在司马光向神宗妥协,同意就任翰林学士两天之后,治平四年(1067)十月初四,张方平丁忧离职——他的父亲去世了。神宗极其不舍,可是人子为父母服丧天经地义,便是皇帝也无法阻拦。张方平去后,神宗下令为他保留参知政事一职,虚位以待。大臣遭丧丁忧,若国事所需,是可以奉皇帝诏令提前结束哀悼,移孝为忠的,这叫"夺情起复"。三个月后,熙宁元年(1068)正月,神宗下诏张方平起复,遭到了拒绝。神宗又下令张方平在守孝期间,可以享受较高的待遇,张方平也没接受。

熙宁三年(1070)正月,张方平服丧期满恢复工作,出任陈州知州,此后直至元丰二年(1079)退休,始终未能再度回到中央工作。

关于张方平服满之后未能重回中央的原因,张方平的女婿王巩、得意门生苏轼都认为,是王安石从中作梗。

张方平有"道德洁癖",他反对任用王安石,也反对王安石新法。

真是人算不如天算。如果张方平接受了神宗的邀请,历史的走向又会如何?还会有王安石变法的机会吗?

只是,历史没有如果。

词条　王安石变法

北宋宋神宗时,以王安石为首的改革派的一次政治改革。变法自熙宁二年(1069)始,至元丰八年(1085)宋神宗驾崩结束,故亦称熙宁变法、熙丰变法。王安石变法以发展生产、富国强兵、挽救宋朝政治危机为目的,以"理财""整军"为中心,涉及政治、经济、军事、社会、文化各个方面,是中国古代史上继王莽新政之后又一次规模巨大的政治变革运动。熙宁二年(1069)二月,宋神宗任命王安石为参知政事,王安石提出当务之急在于改变风俗、确立法度,提议变法,神宗赞同。同年四月,遣人察诸路农田、水利、赋役;七月,立淮浙江湖六路均输法;九月,立青苗法;十一月,颁农田水利条约。熙宁三年(1070),颁布募役法、保甲法。熙宁四年(1071),颁布方田均税法,并改革科举制度。熙宁五年(1072)三月,颁行市易法。熙宁六年(1073)七月,颁行免行法。王安石变法增加了政府财政收入却"夺穷民之铢累",推进了军队建设却依旧"痛抑猛士",由于用人不力及执行出现偏差,变法也带来一些负面效果,造成"民苦于役",加之朝廷"新旧党争",使得王安石变法受到不少朝臣的非议。王安石被迫在熙宁七年、九年两次辞去相位。其后,在神宗支持下,新法仍基本推行。元丰八年(1085)神宗崩,太子哲宗即位,高太后(宣仁太后)听政,起用司马光为相,新法除置将法外,全部被废。

神宗的眼光与韧性

熙宁七年平常的一天。一场大旱将王安石推行5年的新法彻底废止，神宗坐在朝堂上，无奈说："介甫啊，你去江宁吧，新法的事情，我再想想吧。"

王安石跪在地上，什么也没说。没人看见那个时候他是什么表情。神宗的话，意味着他从宰相的位置被放逐了出去了，也意味着新法这场轰轰烈烈的改革，要暂时停下一段时间。

那张流民图是被秘密送到神宗手上的，没人看过。只知道神宗看完之后，反复观图，长吁数次，寝不能寐。

王安石想起来自己当年高迁之日写下的"霜筠雪竹钟山寺，投老归与寄此生"。此去江宁，确实应了他当年的话，但是他不甘心啊。他想要的是在完成变法图强、国富民安之日再罢官归家，过自己的日子，而不是在这大旱而流民千万饿殍无数之日就停下来。

王安石感觉自己经世济民之志还有很长的路要走。此去不知又是几年。时间终究是停不下来。等他意识到自己真的被贬官罢相的时候，早就坐在了去往江宁的船上。

但是江宁终究是远离官场，少了官场的那份钩心斗角尔虞我诈的地方，他接受了在江宁的日子，甚至有些爱上了这个地方。

平日里就在山中赋闲参禅，他想到了自己曾经在嘉祐、治平间丁母忧时就在江宁，读经山中，与蒋山赞元禅师游，亲如兄弟的那段日子。恰如此心安处是吾乡，他在江宁的山水里，慢慢地静下心来，他心里的那份壮志难酬怀才不遇的感伤慢慢被佛理抚平了。

本就爱山水不爱功名的他，对山水禅性有着先天的亲近。

又是一个平常的日子，王安石却意外知悉神宗要重新起用他，要他赶紧回朝廷去。他又急匆匆地坐上船赶去，但是他的内心早就没了那份意气风发，此去不知是福是祸，不知道变法停滞了一年，又会是什么样子？

王安石在船上心中复杂，滞积心中却无人能倾诉。他迫切地想要自己的变法能够继续，心里还是放不下那份生灵和人民；他又不希望再卷入政治漩涡，身心俱疲。

王安石沉思，蘸墨赋诗一首："京口瓜洲一水间，钟山只隔数重山。春风又绿江南岸，明月何时照我还？"

不错，上述文字只是文学情节的一个片段。却十分形象地刻画出了王安石去官的心境。

晚年的王安石在半山园既不坐马车，也不乘轿子，只骑驴荷杖出游。马车与轿子，都是身份地位的象征，与之相对的骑驴，则代表着落魄或隐逸。此时的王安石，写了大量在精神和风格上类似于禅文学的诗，体现了浓烈的大乘精神，这是中华文化里一种至为高贵的精神。《题半山寺壁二首》其二，曰：

寒时暖处坐，热时凉处行。
众生不异佛，佛即是众生。

当年达摩祖师从印度来到中国,讲了一句震古烁今的名言,就是"吾观此土有大乘气象"。王安石的另一首诗题为《梦》,同样明显体现了大乘佛教的影响:

知世如梦无所求,无所求心普空寂。
还似梦中随梦境,成就河沙梦功德。

从诗歌中的每一个字,都不难看出王安石洞穿世事之心,但他并不逃离生世,而是以忘我的刚毅精神,超然而慈悲地投身其中。王安石是一位律己甚严的理想化的士大夫,过着简单朴素甚至与世隔绝的生活。

元丰七年(1084),苏轼途经江宁,与王安石在江宁府会面。彼时王安石骑一毛驴,苏轼对王安石作揖,王安石回以一笑。一个贬谪的旅客,一个退隐的老者,不谈政治,只谈诗文。两人江宁会面期间爬山游水,吟诗作对。临别之时,王安石慨叹:"不知更几百年,方有如此人物。"惺惺相惜之情溢于言表。

人生是一场大戏,晚年虽归于平淡,但经历了无数的人生起伏之后,人到暮年反而会变得豁达率真。王安石与政敌苏轼之间一笑泯恩仇,世事沧桑真如过眼烟云。鲜为人所提及的是,王安石死后,主动向皇帝请求为他施加厚礼的正是他一生的政敌司马光,王安石因此被赠官太傅,而起草《王安石赠太傅制》的正是苏轼。

从王安石的晚年,回视他与苏轼、司马光的恩恩怨怨,再体味他晚年"悟空"后的风轻云淡,真可谓别有一番滋味。

王安石与司马光是同时代人,王安石比司马光小两岁,两人都蒙受过欧阳修的教诲，也都和梅尧臣结为忘年交，共事多年，是非常好的朋友。王安石与司马光共同担任过皇帝的文学侍从，曾一起修录国史，宴饮出游……他们的生活作风也都十分简朴，在为人处世上刚直不屈，"倾慕之心，未始变移"。因而，王安石和司马光不可避免地会成为一生的政敌，甚至可以说，正是司马光亲手把新法送进了坟墓。

元丰八年（1085）宋神宗崩，十岁的宋哲宗继位，太皇太后高氏听政，起用司马光等"旧党"官员。司马光一条一条地废除了新法。王安石也心情郁结，不久便撒手人寰。

王安石临终前的绝笔诗作，是一首《新花》：

老年少忻豫，况复病在床。汲水置新花，取慰此流芳。
流芳只须臾，我亦岂久长。新花与故吾，已矣两可忘。

诗中的王安石，没有对自己的变法事业进行评价，在人生的终点，王安石得到了他内心的平静，对于过往之事他已想要忘却，心灵上他已真诚地皈依佛禅，世事如何，已不由自己评价。

历史，像一棵沧桑虬劲的老树，岁月的蛰须从它的血脉、枝杈中伸出，茁壮、顽强、盘根错节，绿荫如盖。昨天，从老树上成长为今天；今天，又从老树上成长为明天。这是历史的今天，也是未来的昨天。王安石、苏轼与司马光等人，既生活在今天，也生活在未来。

北宋的几个皇帝，特别是仁宗和神宗，不仅礼遇文臣，还把知识分子当作自己人，与之共同商讨国事。用现在的眼光看，神宗支持王安石变法的一段过程，应该有了君主立宪和政党政治的影子。王安石变法，司马光完全站在宋神宗的对立面，成了"不同政见者"。神宗对司马光非但不加以打击，还对他撰写《资治通鉴》一书给予全力支持，让他安居洛阳著书，在工作上给予帮助，配备助手；在生活上给予照顾，使之安心。最后《通鉴》完稿，神宗下令嘉奖，为之写序，他对编撰此书支持到底，全始全终。

对不同政见者如此宽厚，实在难得。两位姓司马的史学家遭遇竟然如此迥异，令人感慨。司马迁遇到了大暴君汉武帝，仅仅因为对皇帝提了一点参考意见，就被反复迫害，最后受了宫刑。司马光是一位公开的不同政见者，他的人和他的书能够同时受到保护，完整地流传后世，何其幸哉。

我们不得不佩服神宗的眼光和韧性。是他，力排众议大胆使用了王安石，并且对王安石几乎毫无保留地信任。变法期间，王安石被迫两次辞去相位。其后，在神宗极力支持下，新法仍基本推行。最为关键的是，成效已经显现出来，人民负担减轻，繁荣景象出现。

据时任杭州知府苏轼的观察，杭州的三等户人家一般八年一个轮回，出差役两年，再休息六年。如果按照免役法的规定出钱免役，每年需要出三四千，八年约三万钱左右。《宋史·食货志》载，如果不免役，必须服役的话，那么两年的服役费用约为七万多。也就是说，即便不算时间成本，仅仅从金钱上衡量，免役法已经给他们带来了巨大的利益。

不可否认，王安石并不是一个典型的理财专家，而是一个怀有梦想、又缺乏实务经验的理想家。他自始至终相信，在帮助政府增加财政收入的同时，可以不断地发展民间经济。可更多人却难以随着他的思想翩翩起舞，这也正是他十分孤寂的原因。王安石变法，当然有缺点，但他的经济思想，却已经突破了"小农经济"视域，而有了"国民经济"观点，以此向未来的重商主义投下了朦胧一瞥。在历史学家李冬君眼里，没有国家主导，汴梁城里人文化的市井气息会"每日每时地产生资本主义"，却不会自发地形成国民经济，走向重商主义。重商主义兴起要有国家主义参与，而国家主义的出现要以民族国家的产生为前提。

王安石毕竟还在11世纪，没有人告诉他，王朝国家与民族国家，臣民与国民，差别究竟在哪里？更何况，变法迅疾，其实难矣。

今天，当我们回看历史时，是先看到结果，然后逆溯其源起，最终在细节的堆垒中，看到最高统治者的个体生命如何影响乃至决定了王朝历史的走向。而司马光却是相反，他是在时间的顺序里，随着事件的推进，水滴石穿般地慢慢体悟到了命运的不可逆转。

功过是非由人评说。王安石的观点超越了千年，不时为现代官员们所继续采用。这位被列宁称赞为"中国十一世纪改革家"的历史先驱，同样受到包括当时反对他的人的尊敬。

中国思想史上，能于天人之际，确立大纲领，有三个时代：一是殷周之际，以文、武、周公为代表，确立天命观；一是春秋战国，由先秦诸子确立天道观；再有，就是宋代，王安石以义理开头，而由程朱确立天理观。（刘刚、李冬君《文化的江山》）

李冬君认为，这三个时代，是思想者的大时代。只可惜，后来中国历史，并未按王安石的思想方向走。反倒是西方历史进程与他思想相契。除了列宁，美国人也佩服王安石，出生于成都的哲学家贺麟，在其《陆象山与王安石》一文中提到，1944年夏，美国副总统华莱士访华，在演讲中特别赞扬了王安石，似乎觉着王安石变法与他和罗斯福总统的新政相契合。他们在遥远的东方找到了11世纪的王安石，来做他们的"同志"。王安石成了真正具有世界性的历史人物。

中国历史上，世界性的影响难以显现出来，正是王安石对西方历史进程有影响的那一面，反而使他成了中国历史上的异端，以至于我们在向西方学习时才能发现王安石作为先驱者的历史价值。

话题再回到交子上。王安石变法，对钱荒有了自己的认识——既然阻止不了，那就顺应市场，开放铜禁。铜禁开放后，失去了约束的商人，将大量铜钱销毁，以制作铜器，《宋史·张方平传》称："王安石弛铜禁，奸民日销钱为器……钱日耗。"随着市场的变化，王安石随机应变，很快又推出了"折二钱"，就是人为规定一枚铜钱的价格相当于两枚铜钱。王安石的做法相当有效，折二钱迅速流通为大家所接受。只是，困扰朝廷上下的钱荒问题，还是没能有效解决。这时，沈括向宋神宗建议："钱利于流借……使流转天下，何患钱之不多也。"言下之意，只要确保流动性，就不愁市场上没有钱。

从结果上来看，钱荒自始至终牵动着北宋的神经。有专家认为，这正是北宋金融业开端的象征，市场变化了，我们仍按传统思维的老路面对市场，肯定不行。平心而论，王安石、沈括等人的思考并非完全正确，可他们对货币、价格和流动性的认识，却在事实上非常接近现代金融学的基础原理。

只是，现代的金融原理难以解决宋朝的现实问题。当中原的贸易连通世界，北宋的铜产量无论如何也难以向全球提供足额货币，这是不可调和的根本性矛盾。

稍后，交子以另一种样式登场亮相，期冀一个崭新的开端。

这是王安石变法三年后的事。不可否认，虽然新法促成了百年来不曾有过的繁荣景象，但重重阻力的变法，有一个滞后效应。而此时，随着反对的声音日甚，王安石的很多想法也未必能实现。所以，也不能有太高的期望值。

该版现藏于中国国家博物馆，铜质，竖长方形版面，长17.4厘米，宽11.8厘米。版面中横书"行在会子库"五个大字。"行在会子库"中的"行在"，指的是当时的首都临安，即现在的杭州。南宋朝廷为显示收回故土的决心，仍然以汴梁为京师，而以杭州为"行在"，即是出行暂时所居之地的意思。"会子库"即原会子务，是主管会子的机构。该钞版上部左边刻"大壹贯文省"，表示会子的面值。右边刻"第壹佰拾料"，表示印制的批次。中间方框内刻有"敕伪造会子犯人处斩，赏钱壹阡贯。如不愿支赏，与补进义校尉。若徒中及窝藏之家能自告首，特与免罪，亦支上件赏钱，或愿补前项名目者听"56个字，其大意为皇帝下令若有人举报发现制造假币，造假币者被处斩，举报人可得到一千贯钱赏金。如果举报人不愿意领取赏赐，也可以递补为进义校尉。如果同伙或窝藏犯人者能举报犯人，不仅可以免除罪责，还可以获得同样的赏钱，或递补为进义校尉。印版下方为山泉花纹图案。

词条 "行在会子库" 钞版

当"滥发"成为治理的主题词

公元1100年,大宋接力棒传到赵佶的手里。这位以书法名传于世的徽宗皇帝,并没有写出书法之外的精彩篇章。以蔡京、童贯为首的统治集团,竞为奢靡,聚敛财富,竭泽而渔。病入膏肓的大宋,几年之间国库空虚,财政再次吃紧。

真所谓"屋漏偏遭连夜雨"。是时,第五次西夏战争爆发,军费剧增。毗邻四川的西北地区成为西夏作战的前沿,无奈之下,朝廷只有拆东墙补西墙,交子便成了最好的"补墙原料"。

这样非常时期的临时之举,如果马上弥补,也许不会出什么大娄子。问题在于,印钞如同吸食鸦片一般,一旦开始就会上瘾,很难停下来(就是今天,一些通货膨胀严重的国家,也仍在用此原始的招数)。

有句俗语说得好,久走夜路必遇鬼。仅仅过了十余年,纸币发行失控的警钟终于敲响了。

绍圣元年(1094),政府又多发了十五万贯交子。《文献通考·钱币考》载:

绍圣元年,成都路漕司言:商人以交子通行于陕西而本路乏用,请更印制。诏一界率增造十五万缗。

元符元年（1098），政府又多发了四十八万贯交子。《蜀中广记·方物·钱》引费著《钱币谱》载：

元符元年增四十八万道，祖额每界以一百八十八万六千三百四十为额，以交子入陕西转用故也。

这些纸币主要用来应付陕西边境的开支，犹如一支渐行下滑的股票。此时，朝廷禁止陕西使用交子的法律也已经松动，不再有效。

这标志着，政府印刷的纸币已经不再受数量的约束。在四川和陕西，交子越来越泛滥。到了宋徽宗时期，在蔡京的主持下，纸币和盐钞等宋代的这些"新发明"，有如一把锋利的双刃剑，在时代的威逼之下，展现出惊人的破坏力。

世界上第一次新技术条件下的金融大泡沫，不可避免地进入了深层危机之中。

有专家坦言，整个大宋就是被西夏活活拖垮的。此言不无道理。从宋仁宗开始，其后的宋神宗、宋哲宗，一直到宋徽宗时期，从宝元元年（1038）到宣和元年（1119），其间80余年，宋夏经历过五次战争。

81年打打停停，停停打打。与其说是战场上的较量，不如说是国力间的比拼。经过长期交战的西夏国，被活活拖垮。战争没有赢家。望着满目疮痍的西夏，夏崇宗李乾顺决定向宋朝臣服，且恢复旧时赐名，曰赵乾顺。

已经无力再战的宋徽宗也同意休战，下令陕西六路罢兵息战，宋夏战争结束。

其实，西夏之战完全可以避免。正是他们看到了"澶渊之盟"的示范效应，认为大宋皇帝太有钱了，既然如此，我们何不也去要一点？一来二去，实力雄厚起来。被大宋养肥了之后，到了李元昊这一代，就直接想与大宋分庭抗礼。所以，政治上的问题，有些时候真不是给钱就能完全解决的，有时往往养虎为患。

史学家贾大泉先生主编的《四川通史（五代两宋）》，详细记录了从徽宗即位开始，官府视财政需要而随意增加交子发行数额的情况：

建中靖国元年（1101），发行第40界交子388万贯，两界行使，实际投放数达到776万贯。

崇宁二年（1103）发行第41界交子1632万贯，两界行使，实际投放数达到3264万贯。

崇宁四年（1105）发行第42界交子2139万贯，两界行使，实际投放数达到4278万贯。

大观元年（1107）发行第43界交子2694万贯，两界行使，实际投放数达到5388万贯。

纸币急剧膨胀，严重破坏了货币的供求关系，纸币（交子）与铸币（铁钱）比例严重失调。"大观中不蓄本钱而增造无艺，至引一纸当钱十数。"其后果是，交子彻底贬值——逐渐变成一张废纸。

"增造无度，不备本钱，滥发交子。"疯狂地印刷与发行，完全破坏了交子的管理制度，每界发行额总量，超过天圣时期的21倍。正如《宋史·食货志》说，一贯交子本应值一千文铁钱，贬值到只值几文至十文铁钱,连缴纳兑换交子时的3%的手续费都不够,交子自然失去了其应有的历史使命,再也难以继续流通。

经济学者徐瑾同样一语道破症结,中国纸币的历史,可谓一部抖小聪明的错乱史。就是宋代也不例外。钱穆一言以蔽之,"宋、元两代用钞票,均有滥发之弊病"。有趣的是,即使海外学者也承认,13世纪中国就提出了古代货币理论,由此可以看出中国人货币理论水平高出同时代欧洲人,那么,纸币的崩溃为何反复发生?

从历史来看,政府接管私人纸币的发行之后,初期往往能够发挥纸币的优点,缓解通货紧缩而对经济有所裨益。可惜的是,这样的美好开局,从来没有坚持到最后。滥发的诱惑在没有约束之下,往往随之滋长。

列宁有句名言,"毁灭一个社会的最有效的方法,是毁灭其货币"。他这句话背后,还有一个潜台词,谁来监管监管者?

过度滥发,收拾无术,信誉扫地,回天无力。大观三年(1109),流通近90年的交子,寿终正寝。

纸币为什么会贬值?如果暂时把中国放一边,来看世界上其他国家的情况,会发现纸币的发行多与某种硬通货挂钩。20世纪之前,世界上所有使用纸币的国家,几乎都会将纸币和金、银或者铜钱挂钩。一元钞票相当于多少硬通货都有定数,人们随时可以拿纸币去兑换。只有在少数战争时期,政府管制金银,才临时性地限制纸币兑换。战争结束之后,因为信誉的倒逼,政府总会想方设法恢复与金银的兑换比率,实行自由兑换。

有硬通货为信用背书,在人们心里,这个时期的纸币是不会贬值的。

只是到了 20 世纪，特别是第二次世界大战后，人们才发明了一种不与硬通货挂钩的纸币系统。学者郭建龙认为，这样的习俗延续到现在，各国发行的纸币都已经浮动，不再与任何硬通货挂钩。有专家解读，这样的体系只不过实行了几十年，却已经造成了普遍的通货膨胀，即便是美国，其平均通胀率也是使用纸币之前的数十倍。只不过因为体量太大，自身循环得以充分完成，因而表现出的问题才不那么突出。

大宋的经验教训告诉我们，只要纸币不与硬通货挂钩，就必然产生通货膨胀。可惜，交子这独具创意的礼物，不经意间就从我们手中溜走了——要知道，自诩为现代文明的西方，要等到 600 年后，才出现了第二张纸币。

如果认为历史只敲一次或者两次门，那么未免低估人性的顽固。放眼望去，印钞的诱惑与抗争，贯穿着纸币的历史。对中国而言，随着南京国民政府在 20 世纪 30 年代统一货币系统，纸币重新回归，现代法制的包装并无法掩饰天生的经济逻辑弊端，带来了后面恶性通胀的历史循环。随后 1948 年金圆券匆匆投放市场，同样是没落政权试图以纸张掠夺民间资产的愚蠢之举，最终于 1949 年全面崩溃，也部分源于通胀带来的人心尽失。

随后，交子的替代物"钱引"登场。

人们都知道，这并非交子的过错。

钱引取代交子，成为四川地区通行的纸币。政府的管理机构"交子务"，也改名换姓为"钱引务"。规定"钱引四十一界至四十三界勿收易"，又宣布已发行的交子全部作废，"自后止如天圣额书放"，并改交子为钱引，发行新的纸币。

或许，政府已经从纸币的发行中尝到了甜头，才变幻着花样来控制市场。"大观元年夏,改交子为钱引,旧交子皆毋得兑。三年秋,诏复以天圣年额为准。"政府或许已经看到了其中的危害性,故而以试水的态度,减少了钱引的发行量。

谁知,到了南宋时期,钱引又大量滥发。

表面上看,都是战争惹的祸。随着北宋的灭亡和南宋初年川陕一带成为宋金交战的前线,四川驻扎重兵,军费开支巨大,与之前的交子一样,增发钱引以弥补财政赤字。《楮币谱》无奈地解释说:"自军兴增科,凿空为钱,天下大计,仰给于纸。"

纸币成为拯救国家命运的最后稻草,也是帝王将相醉心的理财之术。有了前车之鉴,却不引以为戒,后果不难想象。

纸币发行如果没有相应的实物作为准备金,到头来也只能是纸上富贵。朝廷为了最后一丝体面,将增印的钱引说成所谓的"预借钱",即因为战事从民间筹措的军费。四川宣抚使虞允文称:

> 被旨,州县尚有预借人户税赋,令于总领所桩管添造钱引三百万贯,内取拨一百万贯委制置、总领、本路漕臣,考核预借实数,与州县补填。

显然,又系滥发。

经济繁荣,发行纸币;经济继续繁荣,滥发纸币;纸币开始贬值,继续滥发纸币;经济没落,王朝灭亡,纸币退出。这几乎是古代货币发行的中国式循环。

钱引滥发,物价飞涨。据学者漆侠的整理,以米价为例,南宋物价一直步步增高,宋高宗年间米价曾经是100文一斗,其后涨价到300文、500文,最后激增到100年后宋理宗年间的

3400文。余玠守蜀的淳祐年间,又上涨了近百倍。这一趋势随着战争形势还在不断加剧,1246年发行量高达65000万贯,第十八界会子200贯纸面价值为20万文,却还买不到一双草鞋,"以更易关子以来,十八界二百不足以贸一草履,而以供战士一日之需……饥寒窘用,难责死斗"。南宋后期时人感叹,"钱荒物贵,极于近岁,人情疑惑,市井萧条"。

南宋百姓的日子,还怎么过?

直到南宋理宗宝祐四年(1256)政府停止发行为止,钱引走完了不断增印→币值贬低→通货膨胀→停止使用,这样一个全过程。作为薄如蝉翼的一张纸——交子,也如大宋一纸试纸,以无声无息的方式,不断测试着一个时代、一个政权的潮涨潮落。

熙宁年间(1068—1077),宋神宗发兵熙河,西北边储匮乏。为充裕国库,北宋朝廷以益州交子为范本,于潞州设置"潞州交子务"准备发行陕西交子。但由于陕西地区商品经济发展程度远不及四川地区,陕西交子不具备相应的流通条件。即使发行铁钱,也没有商品交换和钱币汇兑的充沛需求,所谓"交子之法,可行于蜀,不可行于陕西"。因此,陕西交子并没有正式发行。虽然如此,朝廷仍寄希望于印制交子来增加财政收入,故在熙宁三年至四年(1070—1071),再次在陕西筹备发行交子,但仅发行五年,便以失败告终。

词条　陕西交子